AF378029

Association Improbable

Alexandra Brun-Pierre

Éditions ABP

<u>PRÉFACE</u>

C'est à trop rêver d'une autre vie que l'on finit par ne plus apprécier la sienne ! C'est ainsi que l'on regrette de ne pas avoir assez profité du temps qui nous était imparti.

Pour moi, c'est légèrement différent. Ma vie a basculé le jour où je l'ai rencontré. Il est devenu ma priorité, la vérité a été dure à encaisser, mais je m'y suis remise et je me suis battue pour les gens que j'aimais. Et c'est ainsi face à la mort, que je me suis sentie le plus en vie. Vous voulez connaître ma vie, mon histoire, alors lisez ce qui suit.

Sheyla.

Chapitre 1

C'est sous un ciel étoilé que je rentre. Aucune lumière ne brille à l'intérieur. Pourtant, j'aurais juré avoir entendu quelqu'un rigoler ! Mais sans m'attarder sur ce détail, je passe le pas de la porte et découvre avec un grand étonnement qu'il n'y a plus rien. Plus un meuble, plus un mur, rien. Il ne reste de cette maison que sa façade extérieure. Intacte vue de dehors, mais en piteux état de l'intérieur. Un incendie a dévasté toute ma maison ainsi que mes proches.

Je me réveille en sueur, car une fois de plus, j'ai refait ce cauchemar, me revoyant après mes vacances habituelles dans ce camp, franchissant la porte de la maison et constatant les dégâts causés par cet incendie. Je n'avais alors que quatorze ans lorsque je suis devenue orpheline. Cela fait déjà cinq ans que l'accident a eu lieu et pourtant, tous les ans à cette même date, je revis cette scène abominable. Je vais tâcher de me rendormir avant que Lilia ne se réveille à son tour.

*****

Il ne me reste plus que quatre jours avant la rentrée. Je n'ai plus qu'un an à faire pour obtenir mon bac +2 en

DMA (Diplôme des Métiers d'Arts). Cet après-midi, Tante Lilia m'a dit qu'elle m'accompagnerait faire les magasins. Je suis impatiente, enfin presque. Le problème avec Lilia, c'est que l'on n'a pas du tout les mêmes goûts ! Là où elle choisit des couleurs voyantes avec des motifs, moi je préfère un style vestimentaire plus neutre, un peu plus femme. Mais ce que j'aime chez Lilia, c'est que même avec quinze ans de plus que moi, de nous deux, je suis la plus mature ! Elle me fait penser à ma grande sœur, tant par son immaturité que physiquement. Elle me manque tellement quand j'y pense.

Noémie était plus que ma grande sœur c'était mon modèle, ma meilleure amie, je pouvais tout partager avec elle. Je me souviens encore de son rire, de ses yeux d'un bleu océan, de ses cheveux frisés d'un blond éclatant, de son sourire qui laissait à chaque fois entrevoir deux rangées de dents blanches et toujours aussi bien alignées. Il n'y avait rien à dire sur elle, toujours bien habillée, bien coiffée, elle était la reine du lycée, la capitaine du club de volley ainsi que la meilleure élève du lycée. Tout le monde l'envier, mais personne ne pouvait lui nuire, car tous l'adoraient. Elle faisait de moi sa remplaçante, on nous prenait pour des jumelles.

Depuis son décès, on peut dire que j'ai complètement changé. J'ai repris ma couleur de cheveux naturelle, châtain foncé. Je me teintais en blond pour ressembler à Noémie. C'est ainsi pour mes yeux aussi, je mettais des lentilles bleues. À présent, on peut voir ma vraie couleur :

vert. Si j'ai tout arrêté, c'est parce que me voir dans un miroir, c'était comme la voir elle ! Mais cela me faisait plus mal qu'autre chose. Du coup, du jour au lendemain je suis passée de la fille la plus populaire à la fille inconnue et solitaire du bahut. Mais tout cela est du passé, j'ai réussi mon bac et j'ai pu partir aux Beaux-arts de Cleevhock afin d'obtenir mon diplôme. J'ai déjà effectué plusieurs vernissages pour une galerie d'art. Ils m'ont même déjà fait signer un contrat, ainsi l'an prochain après ma dernière année, je deviendrai peintre professionnelle.

*****

Hier après-midi, je me suis bien amusée ! Avec Lilia, nous sommes allées au centre commercial comme prévu, nous avons dévalisé les magasins. J'ai tellement acheté de vêtements que je pourrais à moi seule ouvrir un magasin de prêt-à-porter !

La rentrée est dans trois jours et je ne sais toujours pas ce que je vais bien pouvoir porter ! Je ne devrais pas me soucier de cela, mais que veux-tu ? Même si aucun garçon de mon école ne me plaît, je ne tiens quand même à ne pas ternir l'image que les autres ont de moi ! Ils me prennent déjà tous pour une folle, parce que Carole a vu une rubrique sur les vampires tomber de mon sac. Donc, je dois éviter de leur donner plus à dire.

Ce n'est pas ma faute ! Depuis toute petite, je me suis toujours intéressée aux vampires. Je les trouve fascinants et tout à la fois terrifiants. J'en sais plus sur eux que sur ma propre vie ! Quelquefois j'aimerais en devenir un, mais dans ces moments-là, je prends une douche froide pour m'enlever cette idée de la tête.

*****

Plus que deux jours avant la rentrée et j'ai enfin trouvé comment m'habiller ! Je n'hésite plus que sur un détail. Étant donné que je vais mettre mon jean bleu préféré avec mon chemisier blanc, je ne sais pas si je mets mes bottines noires ou mes baskets montantes noires et blanches, je verrai. Plus que deux jours à tenir pourtant, Bénédicte, Alice et Carole m'ont déjà appelée pour me rappeler de ne pas oublier notre rendez-vous sur le parking, vingt minutes avant le premier cours ! C'est un peu comme un rituel de rentrée, même si c'est un peu enfantin, cela leur plaît donc je m'y plie afin de leur faire plaisir, elles sont mes amies après tout ! Bénédicte est une magnifique grande rousse aux yeux bleus, elle fait des études pour être architecte. Alice est plutôt petite, brune aux cheveux courts et yeux marron, avec ses lunettes, et s'est orientée vers le cinéma tout comme Carole, une jolie grande brune aux yeux verts. Elle adore manger, mais elle ne prend pas un gramme. Elles sont toutes les trois excentriques, mais tellement gentilles, je les adore.

Vivement demain, j'ai mon entraînement avec mon coach de défense et ami, Darryl. Son père entraînait le mien trois fois par semaine avant sa mort. Depuis cinq ans, son fils a pris le relais avec moi afin que je sache me défendre aussi.

L'avantage avec Darryl, c'est qu'il connaît l'existence des vampires et il m'entraîne très dur pour que je puisse me défendre face à eux. On se retrouve deux fois par semaine d'habitude, mais là, avec la préparation de ma rentrée, je ne le vois que demain. Je reprends l'entraînement sérieusement la semaine prochaine, mais comme nous sommes samedi, c'est proche. Il n'y a qu'avec lui que je peux être moi-même, sans me sentir bizarre je veux dire. Il est le seul à me comprendre et à m'aider.

J'ai hâte d'y être.

Chapitre 2

En route pour ma séance de sport, je me perds dans mes pensées. J'ai tellement hâte de m'entraîner. Déjà parce que j'adore ça, mais aussi, en plus d'être un très bon entraîneur, Darryl est très beau. Il est grand, cheveux bruns, de magnifiques yeux vert émeraude, mate de peau et il finit souvent nos entraînements torse nu, et la vue de ses muscles est une invitation charnelle. D'ailleurs, parfois après l'exercice, ça dégénère. En plus d'être agréable à regarder, mon coach est très professionnel tout en étant gentil et adorable. Petit détail très plaisant, Daryl est mon ami, mais aussi ce que l'on peut appeler mon *sexfriend*. On a tellement souffert tous les deux dans nos relations précédentes, que l'on a fait un pacte, on couche ensemble sans tomber amoureux l'un de l'autre. Cela fait un an et demi que ça dure et ça fonctionne très bien ainsi. Nos pères étaient amis, donc en sa mémoire, Darryl n'a jamais accepté d'argent. De plus, j'ai rejoint sa cause de chasser et d'éliminer les vampires les plus dangereux qui veulent anéantir la race humaine.

Enfin arrivée sur place, Darryl s'entraîne déjà avec un sac qu'il a accroché à un arbre. On aime bien tous les deux s'exercer en pleine nature sur la colline de Cleevhock, on a vue sur toute la ville d'ici. Et un magnifique coucher de soleil en fin d'entraînement.

Je ne peux pas m'empêcher de le regarder taper dans le sac. Il ne m'a pas vue arriver lorsque soudain, il se fige avant de reprendre.

— Tu comptes me regarder encore longtemps, ou tu vas ramener tes fesses ici pour t'échauffer, Sheyla ? me demande-t-il le sourire aux lèvres.

Il s'arrête cette fois-ci et me jauge.

— Je voulais juste… enfin, j'attendais que… j'arrive, lui réponds-je surprise.

Je lui fais un grand sourire, pose mon sac et retire ma veste avant de le rejoindre.

— C'est bon je suis prête ! dis-je sur un ton déterminé.

Il me regarde de haut en bas, ris et tourne la tête.

— Déjà, bonjour, ma belle, comment tu te sens aujourd'hui ?

— Bonjour, Darryl, je suis en pleine forme.

— Bien ! Commençons l'échauffement. On va descendre et monter la pente plusieurs fois, après, tu taperas dans le sac et ensuite, on attaquera. Mais d'abord…

— Étirements ? dis-je fière de moi.

— Bien ! Tu n'as pas tout oublié en une semaine.

On se place l'un en face de l'autre et on exécute nos étirements. Une fois nos exercices terminés, on monte et redescend la petite pente en courant plusieurs fois et de plus en plus vite. Alors que je viens de terminer de m'échauffer avec le sac, je le regarde, impatiente d'attaquer.

— Bon, on va commencer à présent, me dit-il enfin.

Il se place derrière moi, j'adore à chaque fois qu'il fait cela. Il se rapproche et me colle. À ce moment-là, j'ai une autre idée en tête. Il glisse ses mains sur mes hanches, je veux me retourner et lui sauter dessus, mais il me susurre à l'oreille.

— On va voir si tu arrives à te défendre, si un vampire t'attaque par-derrière.

— OK ! lui réponds-je un peu fébrile.

— Tu es prête ?

— Oui, finis-je par lui dire un peu plus sûre de moi.

— Ferme les yeux, respire profondément et concentre-toi sur tes autres sens. Tu vas essayer de sentir et contrer mon attaque. Donc, reste concentrée.

Il ôte sa main et je le sens reculer. Je respire profondément, me concentre, mes sens en éveil. Je peux percevoir son approche furtive. Puis, soudain, je me retourne afin de contrer son attaque.

Durant plus d'une heure, il me fit différentes attaques à répétition que je réussis à contrer presque à chaque fois du premier coup. Soudain, il retire son tee-shirt et on continue l'entraînement. Tout se passe bien jusqu'au moment où je suis déconcentrée par un bruit derrière un buisson. Darryl profite de mon relâchement d'attention pour me maîtriser et me plaquer au sol. Je ne me suis aperçue de rien. Darryl est sur moi, un sourire aux lèvres.

— Relâcher son attention est dangereux face à un vampire, tu le sais, Sheyla !

— Je le sais, mais… J'ai entendu un bruit. Quelqu'un nous observe ! lui dis-je inquiète.

— Ne te cherche pas d'excuses, ma belle.

— Darryl, je te jure que j'ai entendu un bruit !

— Sheyla, ce n'est pas comme ça que tu progresseras.

Il est toujours sur moi, une jambe de chaque côté de mon bassin et me tient les mains au-dessus de la tête.

Je suis complètement immobilisée. Je dois l'avouer, il m'a bien eue ! C'est la première fois depuis longtemps qu'il arrive à me battre et à me bloquer. Surtout dans cette position. Il me fixe droit dans les yeux, puis baisse son regard sur mon ventre, remonte sur ma poitrine, puis mes lèvres. Après quelques secondes, il revient à mes yeux. Je pense qu'à ce moment on eut la même envie.

— L'aurais-tu fait exprès, Sheyla ? me dit-il avec un sourire aux lèvres.

— Pourquoi aurais-je fait une chose pareille ?

— Je ne sais pas, à toi de me le dire !

— Darryl, tu sais bien que je n'aime pas perdre. J'ai ma fierté. Donc, pourquoi je t'aurais laissé me battre ?

— Ce serait certes inhabituel de ta part. Mais avoue que la situation n'est pas si désagréable !

— Ça dépend de quel point de vue !

— Eh bien éclaire-moi, ma belle !

En me disant cela, il rapproche son visage du mien. Il est à seulement quelques centimètres de ma bouche.

Soudain, ma respiration s'accélère ainsi que mon pouls en voyant ses lèvres.

— Tu veux que je m'arrête, Sheyla ?

— Tu n'as pas intérêt de me laisser dans cet état ! lui dis-je le sourire aux lèvres.

— J'ai vraiment envie de toi, Sheyla.

— Et tu attends quoi ?

— L'entraînement n'est pas terminé !

— Au diable l'entraînement pour aujourd'hui.

— Tu me rends fou, Sheyla, qu'est-ce que je vais faire de toi ?

Sans m'en rendre compte, je me mords la lèvre inférieure, Darryl se crispe.

— Ne fais pas ça, Sheyla ?

— Quoi ? Je n'ai rien fait !

— Ne te mords pas la lèvre. J'ai encore plus envie de t'embrasser quand tu fais ça !

— Tu n'as qu'à passer à l'action !

Il me regarde avec un désir d'une intensité vraiment indécente. Sans m'en apercevoir, j'ai dû me mordre encore la lèvre, car il se crispe encore plus. Il glisse ses doigts dans les miens et ne cesse plus de fixer mes lèvres. Je ne bouge plus attendant qu'il se décide enfin. Après quelques secondes, Darryl se rapproche davantage et m'embrasse enfin. Je le désire tellement que je lui rends volontiers son baiser. Il fallait lui accorder cela il embrasse divinement bien. Je ressens le désir m'envahir de plus en plus, ce serait bien la première fois qu'on le ferait ainsi par terre, mais je n'en peux vraiment plus là. Il commence à relâcher une de mes mains et la fait glisser le long de mon bras, puis sur le côté de mon visage pour atterrir sur ma poitrine. Il la passe ensuite sous ma brassière de sport afin d'en saisir mon sein. Il positionne ensuite ses jambes entre les miennes afin de les écarter et se coller à moi. Je peux sentir à présent à quel point lui aussi a envie de moi. Se frottant à moi et faisant monter encore un peu plus la température entre nous.

Il fait descendre sa main de mon sein le long de mon ventre, au moment où il allait enfin la glisser dans mon pantalon, Darryl est projeté à plusieurs mètres de moi. Je le vis atterrir sur un arbre plus loin. Je me lève précipitamment et là, je vois un homme de taille moyenne. Il a des cheveux noirs, longs, frisés et décoiffés. Il est vêtu à l'ancienne, comme s'il venait d'une autre époque. Et pourtant il est débraillé avec sa chemise ouverte.

Un vampire ! pensé-je.

— Désolé, d'avoir refroidi l'ambiance. Après je peux prendre sa place, ma jolie, me dit-il.

— Que veux-tu, sale vampire ?

— Oh, très bien. On saute les préliminaires alors et on passe direct à l'action !

Il me regarde avec un grand sourire me laissant apercevoir ses canines. Je respire profondément et me concentre. Le vampire me saute dessus et je me défends autant que je le peux. Il commence à grommeler de ne pas réussir à me tuer.

— Tu es plus forte que je ne le pensais. Je vais avoir besoin d'autre chose avec toi ! ajoute-t-il.

En disant cela, il sort un couteau et me fonce dessus. Je le contre encore. Agacé, il m'attaque encore plus violemment, mais je ne relâche pas mon attention. Il réussit tout de même à m'entailler le bras, ce qui me fait reculer. L'odeur de mon sang le rend encore plus fou. Il recommence frénétiquement, je pare cependant toutes ses attaques. Il parvient tout de même à me blesser à la jambe.

Je continue à me battre contre lui avec toutes les forces qu'il me reste, mais je commence à faiblir. Me fonçant dessus une dernière fois, il réussit à me planter le couteau dans le ventre. Il me pousse ensuite violemment contre un arbre que je percute pour ensuite tomber au sol. J'ai du mal à me relever. Je pose ma main sur ma blessure, mais je perds beaucoup de sang et sans soins, je ne tiendrais pas longtemps. Je vois ce vampire approcher de moi en ricanant.

— Tu es à moi maintenant, petite idiote. Tout ce sang, je dois bien l'avouer, ton odeur est très alléchante. Après un tel combat, reprendre des forces me fera le plus grand bien.

Il se met devant moi, m'attrape par la gorge et me soulève de terre. Il me plante ses crocs dans le cou et commence à se délecter de mon sang. Il me lâche et je le vois reculer. Il n'a pas l'air bien. Soudain, je vois une pointe de pieu ensanglantée dépasser de sa poitrine, deux secondes après, il part en fumée. Darryl se tient devant moi à la place du vampire.

— Aide-moi, lui dis-je avant de perdre connaissance.

*****

Je me réveille dans le cabinet de mon amie sorcière, Gaella. Je reconnais son plafond étoilé en ouvrant les yeux. En tournant la tête légèrement vers la droite, j'entrevois les cheveux noirs parfaitement frisés de Gaella, j'aperçois ensuite son visage pâle et ses yeux bleu clair. Elle est penchée sur moi du haut de ses talons aiguilles que j'entends claquer au sol. Son visage est inquiet.

— Sheyla ! Ça va, ma belle ? Comment tu te sens ? Me demande-t-elle.

— J'ai connu mieux. J'ai l'impression d'être passée sous un bus.

Je tente de me relever, mais en vain.

— Ne bouge pas, Sheyla. Tu as perdu beaucoup de sang. Par chance, Darryl t'a amenée à temps.

Je tourne la tête vers Darryl qui se trouve de l'autre côté.

— Merci de m'avoir sauvé la vie. Si tu ne l'avais pas tué, ce vampire m'aurait vidé d'une traite.

— N'y pense plus. Il est mort et pas toi.

— Il est quelle heure ? Je dois appeler Lilia, elle va s'inquiéter. Il faut que je rentre, demain c'est la rentrée.

— Sheyla, calme-toi. J'ai appelé Lilia, je lui ai dit que je t'invitais à dîner et que je te ramenais après. Tu as la permission jusqu'à 22 h.

— Merci, Darryl. Elle va me harceler de questions en rentrant.

— Pourquoi elle ferait ça ?

— Elle va croire que c'est un rendez-vous galant !

— Oh ! Et c'est déplaisant ?

— Le harcèlement de questions de Lilia, laisse-moi réfléchir, oui !

— Je lui parlerai quand je te ramènerai tout à l'heure. Ainsi, tu seras tranquille. Bon, je vais me garer correctement avant de prendre une amande, je fais vite.

— Merci, Darryl ! lui réponds-je.

Il s'en va et je me retrouve seule avec Gaella.

— Il faut que tu fasses plus attention, Sheyla ! Il va finir par t'arriver des problèmes. En attendant, bois ça. Ça va te remettre en forme.

Elle me tend une fiole contenant un liquide rouge.

— Qu'est-ce que c'est ? On dirait du sang !

— C'est le cas ! C'est du sang de vampire. Il a un pouvoir régénérant, donc, bois et tais-toi.

— Gaella, du sang de quel vampire ?

— Sheyla, tu as confiance en moi ?

— Oui, pourquoi ?

— Alors, tais-toi et bois !

Elle me l'ordonne tellement sèchement que je ne veux pas la contrarier. Je bois donc sa fiole d'une traite.

— Ne dis rien à Darryl surtout. Il n'approuverait pas, ajoute-t-elle.

— Promis !

— Comment tu te sens ? me demande-t-elle après deux minutes.

— Bien mieux ! dis-je en m'asseyant.

— Bon, rallonge-toi. Je vais vérifier tes blessures.

Je m'exécute en silence. Elle me retire les bandages et vérifie mes blessures. Plus rien. Je n'ai plus rien ! Plus de douleurs, et toutes mes blessures sont refermées, mais j'en ai encore des cicatrices.

— C'est étrange ça ! murmure-t-elle.

Mais Darryl arrive avant que je ne puisse lui poser une question. Il voit mes blessures cicatrisées et reste choqué.

— Sheyla, tu as déjà cicatrisé ? Mais quand je suis parti, tu saignais encore !

— Euh, Darryl je…

Que pouvais-je lui répondre ? Mais Gaella enchaîne.

— Allez, partez les amis. Il se fait tard et je veux rentrer chez moi ! nous déclare-t-elle. Et surtout bon resto, tu as besoin de reprendre des forces, Sheyla. Et fais plus attention à toi à l'avenir.

— Merci de l'avoir sauvée, Gaella, à bientôt.

— Pars devant, je n'en ai que pour une minute, lui dis-je.

Je réussis à me lever sans avoir la tête qui me tourne cette fois-ci. D'ailleurs, je me sens en pleine forme. Je fais un câlin à Gaella et la remercie également. Je me dirige vers la sortie, mais fais volte-face.

— Gaella, y a-t-il un problème pour que tu nous chasses ?

— Je suis juste morte de fatigue. J'aimerais vraiment me reposer. Désolée si tu as l'impression que je te mets dehors, mais j'ai utilisé un bon nombre de sortilèges pour te sauver la vie.

— Très bien. Alors, repose-toi bien et encore merci pour tout !

— De rien. Appelle-moi dans la semaine pour me dire si tu vas bien et si ta rentrée s'est bien passée !

— Promis. Au revoir, Gaella.

— Au revoir, ma belle !

Sur ce, je rejoins Darryl à l'extérieur. Il m'attend derrière le volant. Je monte donc dans la voiture. Il démarre et prend la direction d'un petit resto où on mange parfois après nos entraînements. Le trajet est assez silencieux. Une fois sur place, il coupe le contact et se fige.

— Que se passe-t-il, Darryl ? lui demandé-je un peu inquiète.

— J'ai failli te perdre ce soir Sheyla ! J'aurais dû te croire quand tu m'as dit que tu avais entendu un bruit. Je ne l'aurais pas supporté, s'il t'était arrivé quoi que ce soit.

— Écoute, je vais bien. Tu m'as sauvé la vie.

— Je sais, mais…

— Arrête, Darryl ! Je vais bien. Donc, arrête de t'en vouloir. Je vais juste avoir quelques cicatrices, c'est tout.

— Comment tu vas expliquer cela à Lilia d'ailleurs ?

— Celles sur mon ventre et ma cuisse, ce n'est pas un souci. Je ne suis pas du genre à porter des vêtements aussi courts. Pour celle à mon bras, je mettrai un gilet. Et la morsure dans mon cou…

— Détache-toi les cheveux ! me dit-il pour m'aider.

— Oui, ça devrait faire l'affaire !

— Tu sais que tu ne pourras pas te cacher indéfiniment !

— J'y penserai l'été prochain ! Les manches longues vont refaire surface avec les températures qui baissent. Donc je suis tranquille un petit moment.

— C'est toi qui vois. Mais tu ne comptes jamais parler des vampires à Lilia ?

— Euh… je ne crois pas, non ! Elle vit dans son petit monde de coiffeuse insouciante et ça me va très bien !

— C'est toi qui vois, Sheyla !

— Bon, on va manger ?

— Oui ! Mais Sheyla…

— Qui y a-t-il ?

— Rien. Viens, on y va.

Il sort de la voiture. Je fais de même pour le rejoindre au coffre. Il me tend mon gilet et mon téléphone, prends sa veste puis ferme la voiture à clef.

Une fois que nous sommes installés et que la commande est passée, je le fixe.

— Je vois bien que quelque chose ne va pas, Darryl.

— C'est juste que… je… ce n'est pas le moment !

— Dis-moi ! insisté-je.

— Sheyla, j'ai fait une connerie.

— Qu'as-tu fait ?

— Je suis tombé amoureux de toi ! Je sais qu'on s'était promis, mais, Sheyla, je n'ai pas réussi à tenir ma promesse. Je suis désolé.

— Darryl, je ne suis pas sûre de pouvoir continuer avec toi alors.

— Je sais, mais Sheyla, on peut essayer. On s'entend si bien toi et moi et si ça ne fonctionne pas, on oubliera toute cette histoire.

— Je ne sais pas, Darryl. Laisse-moi y réfléchir.

— Mais je n'ai pas le temps d'attendre. J'ai besoin d'une réponse et maintenant.

— Pourquoi ?

— Écoute, je dois te dire quelque chose. Demain, je pars pour trois ou quatre mois, voire plus, et j'ai besoin de savoir si je dois t'attendre ou pas.

— Je croyais que tu reprenais ton travail demain !

— Bien sûr ! Mais pas à Cleevhock.

— On ne se verra plus pendant un bon moment alors ! Je n'aurai pas non plus d'entraînements pendant ton absence…

— Ne t'en fais pas, j'ai tout prévu. Je te laisse entre les mains de mon père. Il est ravi de t'entraîner au combat. Il sera au gymnase tous les mardis et jeudis soir à 19 h. Mais ne lui parle pas des vampires. Il ne sait pas que tu es au courant.

— Parfait, merci beaucoup. Mais ce ne sera pas pareil sans toi.

— J'espère bien que je vais te manquer ! Mais je n'ai pas le choix, l'argent ne tombe pas du ciel.

— Oui, je comprends. Il s'appelle comment déjà ton père ? Derek, c'est ça ? Il est comment ? Je dois m'attendre à quoi ?

— Il est gentil, tu verras. Il est strict durant l'entraînement, mais adorable en dehors de cela. Il est aussi beau que moi, un peu plus charmeur et dragueur. Physiquement on se ressemble beaucoup.

— Oh moi, tu sais, du moment que c'est un bon entraîneur.

— Il m'a tout appris.

— Génial, de toute façon, le principal c'est que je puisse m'entraîner et m'améliorer.

— Il sera parfait pour toi !

— Merci beaucoup, Darryl.

— De rien, ma belle. Pour en revenir à nous…

Il me fixe et j'avoue, je ne sais pas quoi lui répondre. J'aime beaucoup coucher avec lui, car je prends mon pied à chaque fois, mais une relation, ce n'est pas tout à fait la même chose.

— Je ne peux pas, Darryl, désolée, mais tu es mon meilleur ami, mon confident, mon coach ! Et j'ai trop besoin de toi dans ma vie. Si ça ne colle pas entre nous, je n'arriverai plus à m'entraîner avec toi et à être normale. Je ne veux pas te perdre.

— Je comprends et je ne t'en veux pas. Donc, amis ?

— Tu as plutôt intérêt !

Il me regarde en souriant. Je lui prends la main pour la serrer, il en fait autant.

— Je t'adore, tu le sais, et j'ai besoin de toi à mes côtés. Tu es le seul qui arrive à me montrer qu'il y a de belles choses dans la vie.

— Merci, Sheyla, c'est gentil. Je suis là pour toi, tu le sais bien. Et je ne te forcerai à rien.

— J'apprécie beaucoup et c'est pourquoi, je ne veux pas que tu te fasses de faux espoirs. Je ne sais même pas si je suis encore capable d'aimer. Ça fait tellement mal quand je m'attache et que je perds la personne ensuite. Donc je préfère garder mes distances, même avec mes amis.

À ce moment-là, on est interrompu par le serveur qui nous apporte nos plats.

— Je te comprends, je ne t'en veux pas.

— Merci, Darryl. On mange ? Car perdre autant de sang donne sacrément faim !

— Oui.

Alors que j'ai fini mon assiette, je me perds dans mes pensées.

— Tu réfléchis à quoi ? me demande-t-il.

J'entends à peine sa question. Tellement je suis ailleurs.

— Sheyla !

Je sursaute. Il reprend :

— Qu'est-ce qui te tourmente ?

— Je ne cesse de penser à ce vampire qui nous a attaqués. Il était tellement…

— Cruel ?

— Oui, mais pas seulement. C'est juste que sa façon de me regarder, ses canines et ses yeux…

— Ne te torture pas, Sheyla. Ça ne servira à rien.

— Oui, je sais. Merci encore de m'avoir sauvée. Tu as bien fait de me mener à Gaella.

— Ce n'est rien. Je n'allais pas te laisser mourir tout de même.

On se regarde en souriant. Darryl fixe mes lèvres et je repense à ce que nous allions faire juste avant que ce vampire arrive. Dégoûtée, je préfère changer de sujet.

— Alors demain tu reprends ton boulot d'entraîneur particulier ?

— Oui, j'ai six nouvelles clientes à partir de cette semaine. Et toi, prête pour les cours ? C'est ta dernière année !

— Oui ! Je passe mon diplôme en juin ! Après, à moi la vie d'artiste peintre. Tu reviendras au moins pour mes prochains vernissages ?

— Je ne raterais ça pour rien au monde ! Tu m'enverras les dates.

Il fixe toujours mes lèvres et cette vision de nous deux sur l'herbe tout à l'heure hante mes pensées. Je détourne le regard.

— Allez viens, je te ramène, c'est presque l'heure, finit-il par me dire.

Il paye l'addition et on retourne à la voiture. Il commence à prendre la direction de mon domicile lorsqu'il bifurque dans un petit chemin isolé de tous et arrête la voiture.

— Que sa passe-t-il, Darryl ?

— Sheyla, on ne va pas se revoir avant un bon moment, je veux juste profiter de toi encore un petit peu. Tu vas terriblement me manquer.

— Toi aussi, surtout que l'on va être vraiment très pris tous les deux.

Il me fixe à présent avec désir et j'avoue que le faire une dernière fois avant son départ n'est pas une mauvaise idée. Je fais le premier pas en lui sautant dessus afin de l'embrasser. Ayant un 4x4, c'est assez facile d'accéder à l'arrière, ce qu'on fait avant de reprendre nos baisers de plus belle. Je finis par me reculer légèrement.

— Darryl, j'ai vraiment envie de toi, mais ne va pas te faire des idées.

Sans même me répondre, il me retire mon pantalon et m'attire sur lui. Il ne m'en fallait pas plus pour que j'enlève mon gilet. Il m'ôte ma brassière et entreprend de langoureux baisers sur ma poitrine qui me font gémir de désir. Descendant ma main jusqu'à son entre-jambes et glissant ma main sous son boxer, j'empoigne son engin afin de le sortir, puis me soulevant légèrement et décalant ma petite culotte en dentelle sur le côté, je le fais entrer en moi. Mon Dieu que c'est bon ! Entreprenant des va-et-vient sur lui, je me délecte de cet acte divin que je n'ai pas eu depuis plus d'une semaine en sachant que c'est notre dernière fois. Darryl est bien bâti et sait s'y prendre avec moi. Mes mains sont dans ses cheveux et les siennes sur mes fesses, nos langues dansent l'une avec l'autre dans l'échange de merveilleux baisers. Je sens chaque parcelle de son engin en moi et c'est divin. Je profite de chaque seconde avec lui, ma jouissance monte de plus en plus et je commence à ne plus pouvoir me contenir. Je cesse nos baisers et le regarde.

— Darryl, je viens.

À ce moment-là, il accélère le mouvement et je ne peux me retenir davantage. Je jouis en hurlant son nom. Il cède à son tour dans un orgasme des plus irréels. Il ne cesse d'embrasser mon corps, on ne s'arrête pas, mais il me fait glisser sur la banquette et se tient sur moi à présent. Il entreprend des vas et vient des plus délectables, la température est au plus haut entre nous, lorsqu'à nouveau je sens monter en moi un orgasme.

— Sheyla, jouis une dernière fois pour moi.

Sous l'injonction, je lui cède entièrement dans un dernier orgasme des plus satisfaisants. Il me donne un dernier baiser sensuel avant de reculer et de se rhabiller, j'en fais autant et on se réinstalle à l'avant.

— Merci, Sheyla. J'en avais vraiment envie.

— Ne me remercie pas, j'en avais envie au moins autant que toi.

Il me fait un grand sourire et démarre la voiture. Arrivés devant chez moi, il se gare et me ramène jusque devant la porte. Alors que je cherche mes clefs, Lilia vient m'ouvrir.

— Sheyla ! Tu es à l'heure… pour une fois.

— Je te l'avais promis, Lilia, je voulais juste dire au revoir à Sheyla avant de partir, répond Darryl.

— Oui, c'est vrai. Tu t'en vas pour quelques mois, c'est ça ? demande-t-elle.

— Oui, merci de m'avoir accordé cette sortie avec Sheyla jusqu'à cette heure.

— De rien ! Bon, je te laisse dire au revoir à ton ami, Sheyla. Darryl, c'est toujours un plaisir de te voir.

— Merci, Lilia, au revoir et à bientôt.

Lilia retourne au salon et je fixe Darryl sans savoir comment lui dire au revoir. Je finis par le prendre dans mes bras.

— Fais attention à toi. Et surtout, reviens vite, j'ai besoin de mon entraîneur.

— Je ne m'en vais pas à la guerre, Sheyla. Je pars juste pour le boulot.

— Oui, mais tu seras loin de moi. Ça revient au même.

— Prends soin de toi, Sheyla. Et surtout…

Il recule et me regarde dans les yeux.

— Arrête ton enquête sur ces meurtres, s'il te plaît. Je ne veux pas qu'il t'arrive malheur durant mon absence.

— Reviens et on en discutera, Darryl.

— Serait-ce trop te demander de me donner un dernier baiser, tu n'auras qu'à dire que c'est mon cadeau de Noël en avance !

— Avec quatre mois d'avance… tu n'es pas en retard, toi ! Je pense qu'au vu de ce que l'on vient de faire, ce n'est pas un baiser qui va changer quoi que ce soit.

— J'avoue ! me dit-il en souriant.

Il s'approche et m'embrasse de la manière la plus merveilleuse que je connaisse. Puis il recule et me lâche. Il me regarde en rigolant.

— Ainsi tu sais à présent ce que tu perds, Sheyla. Au revoir.

Sans même avoir le temps de lui répondre, il est remonté dans sa voiture. Je le vois s'éloigner avec un pincement au cœur. Je me trouve cruelle avec lui, mais… je ne peux pas me permettre de lui donner de faux espoirs, même si je sais qu'il a raison, je sais ce que je perds. Je finis par rentrer pour rejoindre Lilia.

— Tout va bien, ma chérie ?

— Oui, je crois, mais Darryl va me manquer.

— Vous sortez ensemble ?

— Non, c'est mon meilleur ami.

— Je ne pense pas qu'il te voit de cette façon lui.

— Je sais, mais… Bon, je monte. Je vais prendre ma douche et je me couche. L'entraînement m'a tuée… enfin presque.

— Très bien. Repose-toi bien ma chérie et à demain.

— Bonne nuit, Lilia, à demain.

Une fois fini, je m'observe dans le miroir afin de voir mes nouvelles cicatrices. Darryl m'a sauvé la vie… Je touche ma cicatrice du ventre en me rappelant de la scène avec cet horrible vampire, puis je vais me coucher.

La tête posée sur l'oreiller, je ne trouve pas le sommeil. Je repense à cette journée. Comment Gaella a eu ce sang de vampire qu'elle m'a fait boire ? Il faudrait que je pense à lui demander. Et Darryl ! Quand vais-je le revoir ? Demain c'est la rentrée et j'ai une peur bleue ! Ce n'est pourtant rien, mais j'ai une mauvaise impression, comme si quelque chose de terrible allait se passer. Je ne pense pas réussir à fermer l'œil cette nuit, d'autant plus que je ne parviens pas à m'ôter Darryl de l'esprit, ses mains sur mon corps, ses baisers un peu partout et son engin en moi, mon Dieu que c'était bon ce soir !

*****

En me réveillant, je me sens épuisée. Je regarde l'heure et vois que j'ai trois heures d'avance. Je reste au chaud dans mon lit, mais je n'arrive pas à me rendormir. Je n'ai réussi à me reposer que trois heures au lieu de six. La poisse, je n'ai pas tellement envie que tout le monde sache que j'ai angoissé toute la nuit. Déjà que je passe pour une folle, je vais essayer de rattraper cela. Vive le maquillage. Darryl va me manquer ! À qui je vais bien pouvoir me confier sur les vampires ? Il ne m'a pas donné ses nouveaux horaires, je ne vais pas oser lui envoyer des messages quand j'en aurai envie. Ici, je connaissais ses heures de travail, donc je savais quand le contacter, mais là…

Ça va être dur ici sans lui ! pensé-je.

Chapitre 3

Il ne me reste plus qu'une heure devant moi, je me suis lavée, j'ai déjeuné, je me suis habillée, coiffée, maquillée et tout ce qui va avec ! Je n'ai pas pour habitude d'être aussi pressée, mais au moins, je n'aurai pas Lilia sur le dos à me répéter sans cesse : « Tu n'as rien oublié ? Tu as tout pris dans ton sac ? Tu en es absolument sûre ? » Et plein d'autres choses du genre.

*****

Je suis la première à arriver au bahut, juste avant Bénédicte.

— Hey ! Salut, Sheyla, déjà là ?

— Disons que je n'ai pas vraiment dormi cette nuit.

Et là, je me demande pourquoi je lui avoue ça ! Mais bon, je peux avoir confiance en elle, je sais qu'elle ne le répétera à personne, enfin, je pense.

— Moi non plus je n'ai pas beaucoup dormi.

— Quelle en est la raison pour toi ? lui demandé-je.

— Oh moi, tu sais, j'ai tellement cogité sur ce que j'allais me mettre, que je n'en ai presque pas fermé l'œil de la nuit.

— Moi non, c'est plutôt parce que…

— Oui ?

— J'ai… je n'ai pas cessé de penser à Darryl. Et aussi parce que… il a fait chaud cette nuit.

Comment puis-je mentir comme ça à une de mes amies ? Peut-être que je ne veux pas qu'elle me prenne pour une folle à m'angoisser juste à cause d'un pressentiment et je ne peux pas lui parler du vampire qui nous a attaqués hier. Ah, voilà Carole qui approche, cela m'aidera peut-être à changer de sujet.

— Hey, salut les filles ! Vous parlez de quoi ? Je vous dérange ?

— Non, pas du tout, on parlait de la nuit blanche que l'on a passée toutes les deux ! lui répond Bénédicte.

— Pourquoi vous avez dormi ensemble ?

— Non, c'est juste que je n'ai pas beaucoup dormi, car je ne savais pas comment m'habiller aujourd'hui et Sheyla, c'est parce qu'elle a eu trop chaud toute la nuit en pensant au beau Darryl.

— Comme je te comprends ! Il est super canon ce mec. Pourquoi tu ne lui as pas proposé de te rejoindre ? me demande Carole.

Elles éclatent de rire en me regardant.

— Darryl n'est qu'un ami. Et il a vraiment fait chaud cette nuit.

Toutes deux me toisent du regard. Je vois bien qu'aucune des deux ne croit à mon histoire, mais voilà Alice qui arrive à son tour.

— Salut les filles ! Je vous ai vu rire, du coup j'ai accéléré. Qu'est-ce qu'il y a d'aussi drôle ?

— Eh bien, ma chère, on parlait des chaleurs de Sheyla causées par le beau Darryl ! lance Carole.

Cette fois, elles sont trois à se foutre de moi.

— Bon, je vous abandonne à vos rigolades. Je m'en vais au cours de français. Il ne commence peut-être que dans dix minutes, mais j'ai quelque chose à faire ! À tout à l'heure.

— Elle va sûrement se rafraîchir les idées après sa chaude nuit ! ajoute Alice.

Je suis pourtant bien loin d'elles, mais pas assez pour éviter d'entendre leurs réflexions et autres rires qu'elles partagent à mon égard.

En me dirigeant vers la salle de français, je découvre un rassemblement de filles autour d'un autre élève. Un homme à première vue, mais je n'en suis pas tout à fait sûre étant donné que la seule chose que je vois c'est la couleur de ses yeux ! Ils sont marron ! Je crois bien que c'est la première fois que je vois une telle meute dans cette école.

En passant à côté, je vois la personne en question.

À ce moment-là, toutes les filles me fixent avec étonnement, est-ce parce que je ne m'arrête pas ? Puis replongeant à leur occupation, je poursuis mon chemin. Lui en revanche ne me lâche pas du regard (sûrement curieux de voir qu'il m'est indifférent).

En m'arrêtant devant la salle, je lève les yeux et croise son regard. Quelque chose d'étrange, un sentiment très bizarre me traverse le dos me provoquant des frissons. L'impression de voir un… revenant ! Au moment où cette impression me traverse l'esprit, il détourne son attention de moi comme pour m'enlever cette idée de la tête. Je fais de même et vais en cours.

Une fois assise je sors mes affaires, mais je ne sais plus où donner de la tête tellement mes pensées fusent dans tous les sens. Lorsque le professeur prononce mon nom, je sursaute lui faisant croire que je cherche mon stylo. Bien évidemment, il fait comme si de rien été. Il me repose la question sans que je puisse y répondre.

À la fin du cours, je pars en anglais, j'aperçois en entrant dans la salle, cette même foule de filles avec ce même garçon au milieu. Je peux mieux le voir. Il est brun avec les cheveux mi-longs. Une fois de plus nos regards se croisent, mais cette fois-ci, il a un bref sourire en coin, ce qui me fait tourner la tête aussitôt. Il ne m'intéresse pas, mais je l'observe du coin de l'œil.

Ouf, il part s'asseoir loin de moi, pensé-je.

Bien évidemment, elles veulent toutes être à ses côtés (sauf moi, bien entendu), mais il n'en laisse aucune se mettre près de lui.

Je ne sais pas comment, mais tout au long du cours je sens comme un regard sur moi. Les mêmes sensations que plus tôt m'assaillent. Alors, je me tourne, au fond de la classe je vois que c'est lui qui me fixe.

Est-il perplexe du fait que je n'agis pas comme toutes ces filles ? Je ne sais pas, mais on pourrait croire que tout cela lui plaît ! Peu importe, de toute façon il ne m'intéresse pas.

Ce cours dure une éternité. À la fin comme au début, il se lève et toutes les filles sont sur lui. Mais que lui trouvent-elles ? C'est vrai quoi, il est certes grand et mince, mais pas très robuste. De plus, beaucoup de mecs sont comme lui ici !

D'ailleurs, il n'y a pas que moi que ça énerve.

Les garçons de cette école n'apprécient guère la façon dont les filles se comportent. Moi, c'est plutôt parce que je trouve grotesque de suivre quelqu'un afin qu'il cède à nos avances. Une chose est sûre, cet inconnu se met tous les gars de l'école à dos, et ce n'est guère le meilleur choix.

Ce n'est pas tout, mais cette histoire m'a donné faim ! Ça tombe bien, les filles doivent m'attendre à la cafeteria !

Arrivée sur place, Carole me fait même signe.

— J'arrive, juste le temps de prendre un plateau, leur lancé-je.

— La pauvre, elle n'a pas de chance !

Je ne sais pas laquelle des trois a dit ça, mais je comprends ce qu'elle voulait dire en arrivant devant les différents plats proposés. Il n'y a rien de mangeable, j'aurais peut-être une chance avec les desserts ! Génial il y a des fruits, du fromage et différents yaourts, ainsi je vais pouvoir au moins manger un peu ce midi ! Pour une rentrée ce n'est pas ce que j'espérais. Ils auraient pu mettre des pattes ou des légumes… Mais bon ce n'est pas grave. Prenant mon plateau, j'avance vers les filles.

— On peut dire que tu n'as pas de chance aujourd'hui, Sheyla, il y a de la viande dans tous les plats ! Heureusement qu'il te reste les desserts. Sinon il aurait fallu que tu ailles acheter à manger au magasin d'en face !

— Oui, je sais, Carole, mais que veux-tu, il n'y a pas de place pour les pauvres végétariens comme moi !

— Oui, mais…

Sans même la calculer, Alice enchaîne.

— Au fait les filles, vous avez vu le nouveau ? Craquant, non ?

Oh non pas toi Alice !

Il n'y a pas assez de filles comme ça qui lui courent après il faut qu'elle s'y mette ! De plus, ce n'est pas une raison pour couper la parole à Carole.

— Oh, oui trop ! À ce qu'il paraît, il serait prince d'Italie !

Même Bénédicte s'y met ! On est mal barré. Guerre de filles en vue.

— Mais non, Bénédicte, à ce qu'il paraît, il viendrait plutôt d'Allemagne et il y serait Sultan !

Il ne manquait plus que ça !.

— N'importe quoi, Carole, il faudrait déjà qu'il y ait un Sultan en Allemagne pour qu'il le soit ! De toute façon, il est brun et non blond, lui répondit Bénédicte.

— Stop ! Vous n'y êtes pas du tout les filles.

—Ah, oui ! Alors, si tu le sais si bien dis-le-nous, Alice ! lance Carole.

— Oui, dis-le-nous, Alice ! répète Bénédicte.

J'ai hâte d'entendre ce qu'elle va nous sortir celle-là.

— Pas la peine de vous énerver les filles ! dit-elle alors que je commençais à en avoir marre de leurs petites mascarades. C'est juste que…

— Que quoi ? demande Bénédicte.

— Qu'il y a-t-il, Sheyla ? Tu en fais, une drôle de tête ! Alice a l'air si inquiète que je n'ai pas d'autre choix que de lui répondre.

— Ne le prenez pas mal, les filles, mais… vous me désespérez avec ce mec ! C'est vrai quoi je ne lui trouve rien d'exceptionnel, il est… quelconque !

Je sais qu'en disant ça je vais me les mettre en pétard, mais bon, tant pis il faut que ça sorte

Toutes me regardaient en se demandant ce qui peut bien mettre tomber sur la tête pour dire une chose pareille. Si seulement il n'y avait que mes trois amies, ça irait, mais là, j'ai parlé si fort que toutes les filles de la cafeteria me fixent en faisant des messes basses ! Jusqu'à ce que Bénédicte reprenne la parole.

— Quoi ?

— Mais comment peux-tu… ? enchaîne Alice manquant d'argument.

— Je n'en crois pas mes oreilles ! termine Carole.

— Vous avez fini ?

— Mais Sheyla… commence Alice.

Toutes les trois me regardent désemparées, sans pour autant trouver les mots adéquats avant de poursuivre.

— Écoute, Sheyla, c'est en tant qu'amie que je vais te parler et sûrement au nom de Carole et Bénédicte. Tu es la seule fille dans ce lycée qui ne soit, ne serait-ce qu'un peu, attirée par cet inconnu !

— Je sais, mais peut-être est-ce le fait qu'il soit si demandé qui le rend indifférent à mes yeux ! lancé-je avec mon plus beau sourire.

Elles me fixent toutes les trois croyant voir là une lueur d'espoir ! Autant qu'elles s'accrochent à ça, car il n'y aura rien d'autre !

— Ah, et bien voilà qui est mieux, tu nous rassures un peu tout de même. Tu ne peux pas être réellement indifférente à son regard qui vous transperce, à sa bouche pulpeuse, à ses mains si…

Durant au moins dix minutes, Alice nous parle de son anatomie, il ne manquait plus que ça pour me rendre folle, mais bon, mieux vaut ne rien dire et faire comme si de rien n'était sinon elle risque de se lancer dans le chapitre deux du pourquoi je me fous de lui ! Façon de parler. Il faut que je me sauve ! Heureusement, les cours ne vont pas tarder à reprendre.

— Bon les filles, je vous adore, mais il faut que je passe aux toilettes. On se voit à la fin des cours, OK ?

— OK, à tout à l'heure, me répond Alice.

— Euh, moi, Sheyla, ma mère vient me chercher ce soir, car on doit faire les courses donc tu ne m'en veux pas si je ne t'attends pas à la fin des cours ? me prévient Carole.

— Et moi j'ai rencart avec Brett ce soir. Il a rompu avec Maggie donc je vais tenter ma chance, tu ne m'en veux pas, dis ? ajoute Bénédicte.

— Non, t'inquiète pas.

— Euh, Sheyla, écoute tout compte fait…

— Ce soir tu as un truc de prévu toi aussi ! Bon ce n'est pas grave les filles on se voit demain de toute façon ! On se retrouve comme ce matin au parking ?

— Sheyla, moi demain je ne peux pas, car… reprends Carole.

— Oui moi je dois venir avec… renchérit Bénédicte.

— Et moi je ne sais pas comment… termine Alice.

— Stop ! On se retrouve demain à midi ici, au réfectoire, et d'ici là faites votre vie !

— Désolée, Sheyla !

— Oui, excuse-nous on ne voulait pas…

— Oui, je t'assure, c'est juste que…

— C'est bon lâchez-moi, je dois y aller. Salut, à demain.

Sur ce, je m'éloigne. Non, mais quelle mascarade ! Tout ça parce que je ne suis pas de leur avis à propos de ce mec ! Eh bien, je serai tranquille jusqu'à demain.

— Tu crois qu'elle nous en veut ? demande Alice aux deux autres filles.

— Je ne sais pas, on a peut-être été trop dures avec elle ! répond Carole.

— Oui, sûrement ! appuie Bénédicte.

Ce sont les dernières paroles des filles que j'entends avant de sortir quand tout à coup je sens mon portable vibrer, c'est un message d'Alice : « *Excuse-nous, ma belle, on t'adore vraiment, à demain !* »

Elles sont adorables, un peu énervantes lorsqu'elles s'y mettent toutes les trois, mais bon, ce sont mes amies donc je leur pardonne, « *Ce n'est pas grave vous êtes toutes pardonnées, de toute façon, j'avais besoin d'être un peu seule !* »

Ce n'est pas entièrement vrai, mais ça, seule moi peux le savoir ! j'ai cours dessin tout l'après-midi, je vais pouvoir décompresser. Lorsque je dessine, je ne pense à rien d'autre. Quand enfin la cloche de dix-sept heures retentit, je m'apprête à envoyer un message à Darryl lorsque j'entends du bruit dans une salle de cours, des filles hurlent et pleurent tandis que les garçons crient de joie ! Je m'approche doucement lorsque je vois ce pauvre inconnu par terre en train de se faire tabasser par tous les garçons du lycée, tandis que les filles ne réagissaient pas ! Ce garçon me fait de la peine. Soudain, il lève les yeux vers moi et j'entends dans ma tête une toute petite voix me demandant de l'aide, du bout de mes lèvres je réponds :

— Je vais te sortir de là !

Sur ce, je vais chercher le proviseur afin qu'il mette un terme à tout ça. Une fois terminé, il applique deux nouvelles règles dans cette école :

• Plus aucun attroupement autour d'un élève ne sera autorisé sous peine de sanctions sévères.

• Plus aucun règlement de compte ne sera toléré sous peine d'expulsion. Elles devront être exécutées à la lettre et seront affichées dans l'école dès le lendemain, et au cas où certaines personnes voudraient s'en prendre à lui hors du bâtiment, c'est à la police que la personne aura affaire grâce aux nombreuses caméras de surveillance dont notre école des Beaux-arts dispose.

Une fois tout le monde sorti de la salle, je m'approche de lui afin de l'aider à se relever et l'emmener à l'infirmerie.

Lorsqu'il est avec l'infirmière, je veux partir, mais il m'attrape le bras.

— Merci pour tout.

— Mais de rien.

Puis il me lâche le bras et je m'en vais. Je souhaite passer aux toilettes pour m'asperger le visage d'eau lorsque j'entends mon nom au micro : « *Mademoiselle Sheyla Fullgrine est attendue chez le proviseur immédiatement !* » Je fais quand même le détour par les toilettes tellement je suis en feu à l'intérieur. Une fois devant le bureau, je toque. Puis j'entends la voix du directeur.

— Entrez !

— Bonjour, monsieur, vous m'avez convoquée ?

— Bonjour, Mademoiselle Fullgrine. Je vous ai fait venir, car j'ai un service à vous demander !

— Je vous écoute, Monsieur ?

—Asseyez-vous, cela risque de prendre un peu de temps !

Ce que je fais avant qu'il reprenne :

— Si j'ai bien compris, vous êtes bien la seule à être respectueuse envers monsieur Di Conté Mario !

— La seule, je ne saurais vous le dire, mais en tout cas, il est vrai que je ne l'ai en aucun cas agressé !

— Bien, alors, pourriez-vous s'il vous plaît me rendre un service seulement pour quelques jours ?

— Je vous écoute, Monsieur.

— Étant donné votre passé et votre réputation dans cette école, je sais que je peux vous faire confiance. Donc j'aimerais que pendant quelques jours vous vous assuriez que les deux nouveaux règlements soient bien instaurés !

— Mais comment… ?

— La seule chose que vous aurez à faire ce sera d'observer discrètement l'entourage de monsieur Di Conté Mario, afin de me dire s'il se fait encore harceler. Que ce soit moralement ou physiquement ! Êtes-vous d'accord ?

— C'est juste que… enfin je…

Je reste perplexe, ne sachant pas quoi répondre.

J'ai mes examens moi à la fin de l'année.

— Je sais que ce que je vous demande n'est pas commun, mais je sais que je peux vous faire confiance pour cela.

— Puis-je y réfléchir tranquillement ce soir et vous donner ma réponse demain ou après-demain ?

— Bien sûr, je me doutais qu'il vous faudrait un peu de temps pour étudier la question au vu de ce qu'il s'est passé aujourd'hui. Vous n'aurez qu'à venir me voir dès que vous serez décidée ! Allez-y à présent, je ne veux pas vous retenir davantage.

— Merci, monsieur, je vous donnerai ma réponse le plus tôt possible, au revoir.

— Au revoir, mademoiselle Fullgrine !

Une fois dehors, j'y songe calmement ! Serait-ce une bonne chose de me rapprocher de ce monsieur Di Conté Mario ? Au moins, je connais son nom maintenant, il ne me reste plus qu'à apprendre son prénom en espérant qu'il soit plus court !

Sur le chemin pour rentrer à la maison, je sens quelqu'un derrière moi, je continue d'avancer. Une fois dans la petite clairière par laquelle je passe tous les jours, je m'arrête net sans me retourner et demande à voix haute :

— Que me veux-tu ?

— Je ne vous veux aucun mal ! murmure une voix sincère et douce.

— Alors, pourquoi me suis-tu ? continué-je.

— Je voudrais seulement vous parler !

Chaque mot qu'il prononce me fait l'effet d'une berceuse. Pendant un bref instant, je redoute une chose : être en train d'imaginer cette scène ? Ce ne serait pas la première fois que cela m'arrive ! Mais d'habitude, je suis allongée dans mon lit à rêver et non debout dans une clairière ! Que faire ?

— Qui es-tu ? lancé-je d'une voix un peu hésitante.

— Vous savez très bien qui je suis !

— Vraiment ? demandé-je un peu perplexe.

— Réfléchissez !

— Si tu es vraiment la personne à qui je pense, j'ai un problème, je ne connais pas ton prénom !

— Julian !

— Effectivement, c'est mieux, ton nom de famille est un peu trop long à mon goût !

Sur ce, ce, nous rions quelques secondes sur ma dernière réflexion alors qu'il se rapproche de moi. Je sens un souffle frais sur ma nuque ! C'est alors que je comprends qu'il est juste derrière moi, je me raidis, bien que je trouve cela plutôt agréable !

— Tu peux me tutoyer ! lui dis-je.

— Je n'oserai pas !

— Pourquoi donc ?

— Mon père m'a toujours appris à être poli avec les dames qui en valent la peine !

— Donc cela veut dire que j'en vaux la peine ?

— Eh bien, il faut l'avouer, vous êtes la seule personne dans cette école qui me respecte !

— Parce que je ne te saute pas dessus comme toutes les autres ?

— Exactement !

— Mais si c'est moi qui te le demande, le feras-tu ?

— Est-ce vraiment ce que vous désirez ?

— Oui, c'est ce que je veux !

— Très bien si vous… si tu insistes alors cela va de soi !

— Merci, Julian.

Je me retourne et m'aperçois que nous ne sommes qu'à quelques centimètres l'un de l'autre.

— Moi, c'est Sheyla !

— Enchanté, Sheyla !

— Que voulais-tu me dire ?

— Pourquoi m'as-tu aidé après avoir été aussi distante ?

— Je ne sais pas, j'ai juste trouvé ça horrible, et…

— Oui ? Qu'y a-t-il ?

— Tu vas me prendre pour une folle !

— Ne me juge pas trop vite, je t'écoute !

— Je t'ai entendu dans ma tête, comme si tu me demandais de l'aide !

— Pourquoi veux-tu que je te prenne pour une folle ?

— Alors, tu me crois ?

— Bien sûr !

Une force mystérieuse qui nous pousse l'un vers l'autre. Alors que nos bouches ne sont plus qu'à un centimètre l'une de l'autre, une pensée pour Darryl me fait tourner la tête et un malaise m'envahit ! Julian, lui me sourit, on dirait un ange ! Puis il me raccompagne chez moi, me dépose un baiser sur la joue en guise d'au revoir ! Arrivée à la maison, il fallait s'en douter, Lilia s'énerve et me fait la morale ! Je n'avais même pas vu que j'avais une heure de retard, elle est tellement inquiète qu'elle s'énerve contre moi. D'autant plus que je n'ai répondu à aucun de ses messages.

Le soir, dans mon lit, je me repasse la journée. Je dois bien l'avouer, c'était une journée géniale, mais bizarre et très étrange aussi. Mais il faut bien l'admettre elle s'est plutôt bien terminée ! Quoique ce Julian soit étrange, je trouverais bien ce qu'il me cache ! Je finis par essayer de m'endormir, car en plus j'attaque l'entraînement avec Derek le père de Darryl le lendemain soir. Mince avec tout ça j'ai oublié Darryl… Je prends donc mon téléphone et lui envoie un SMS, même si je ne lirai la réponse qu'en me réveillant.

« Coucou Darryl, j'espère que tu vas bien et que ta première journée de travail s'est bien passée. Ce n'est pas pareil ici sans toi. Ne pas te voir à ma sortie de cours m'a fait bizarre. Mais je comprends que tu as besoin de travailler. Je l'avoue, tu me manques et ne plus te parler pendant des heures me manque. Je t'envoie ce message avant de me coucher. Si je ne te réponds pas, c'est que je dors déjà. Je t'embrasse fort. Je t'adore. Sheyla »

Je pose ensuite mon téléphone et m'endors en espérant avoir une réponse au petit matin.

Chapitre 4

Je suis vraiment désespérante, il n'est que sept heures du matin et je suis déjà réveillée ! Ici, à Cleevhock, tout le monde a du mal à dormir. La ville a été nommée jadis par mon arrière-arrière-grand-père et tous les habitants, « *la ville du crime !* » Il est vrai que depuis mon enfance j'ai remarqué à quel point les policiers n'ont pas le temps de s'ennuyer ! Enfin bon, du moment que plus personne de mon entourage ne se fait tuer, ça ira. S'il pouvait ne plus y avoir de meurtre, ce serait mieux, mais cela m'enlèverait ma passion !

J'avoue, j'ai déjà mené mon enquête là-dessus, ce sont deux personnes qui font le coup et personnellement, j'espère que la police ne les retrouvera jamais, car ils pourraient y perdre la vie ! C'est en me promenant il y a un mois, toute seule près de la clairière, que j'ai vu au loin une des victimes en train de se faire vider de son sang ! Mais j'étais bien trop loin pour leurs visages. De plus, il faisait nuit. Les meurtriers les assomment afin de s'abreuver de leur sang *« l'élixir de la vie »*. C'est ainsi que les vampires appellent notre sang et ce sont deux vampires qui tuent toutes ces victimes.

Étant donné que mon père était de la police, il pouvait depuis son ordinateur accéder au réseau interne. Et quelle chance, je me souviens de son identifiant et de son mot de passe. Ainsi, je peux suivre les meurtres au fur et à mesure ! Un nouveau corps a été retrouvé près de la rivière Crowlire, la gorge marquée de deux trous étranges, et vidé de son sang comme toutes les autres ! En dessinant un plan, on peut supposer que les meurtriers vont attaquer la prochaine fois au cimetière de Cleevhock dans neuf jours.

Les meurtres forment une croix inversée et pour finir la dernière croix, le point est le cimetière. Pour le timing, neuf jours, les victimes sont retrouvées tous les douze jours et cela fait déjà trois jours que le dernier a été récupéré ! On ne peut pas imaginer le nombre de vampires qu'il peut y avoir dans le coin ! Il y en a toujours eu et il y en aura toujours, c'est ainsi qu'a fonctionné Cleevhock ces cinq cents dernières années, peut-être même plus. Évidemment, cette rumeur sur les vampires effraie les parents, et nous ne sommes que trop peu à en avoir déjà vus un pour pouvoir témoigner, donc trop peu pour affirmer que la rumeur n'en est pas une !

Bénédicte, Carole et Alice n'y croient pas, mais cela ne les dérange pas d'en parler, pour elles, ils sont comme un mythe vieux de plusieurs siècles. Mais étant donné qu'elles s'inquiètent et prennent peur pour un rien, c'est mieux ainsi !

Normalement, ils attaquent à la nuit tombée, donc je dirai à Lilia que j'ai des recherches à faire avec une copine à la bibliothèque vendredi prochain, comme ça, je pourrai me rendre au cimetière en douce sans qu'elle ne me prenne la tête. C'est une vraie protectrice. Bon il est temps, il faut que j'aille en cours. Je n'ai même pas vu que Darryl m'avait répondu.

« Coucou, ma belle. Je vais bien et le boulot est génial. Tu me manques aussi et j'espère pouvoir rentrer le plus tôt possible pour être avec toi. J'espère que ta rentrée s'est passée sans encombre ? N'oublie pas que tu commences l'entraînement avec mon père à 19 h. Je compte bien te tester à mon retour ! Je t'embrasse fort. Tu me manques beaucoup. Darryl. »

Je m'empresse de lui répondre.

« Coucou, Darryl. Il s'est passé plusieurs choses en ton absence. Il y a un nouvel élève, Julian, il est gentil, mais bizarre. Au moins avec moi, ça fait deux ! J'espère qu'on pourra parler bientôt. Tu me manques. Gros bisous. Sheyla. »

À peine le message envoyé, Lilia m'interpelle.

— Sheyla, il y a ton ami en bas ! Il est venu te chercher, alors dépêche-toi !

Qui cela peut-il bien être ? Julian ? Mais pourquoi serait-il venu me chercher ? Il n'a pourtant rien dit hier soir à ce propos ! À moins que je me fasse des films et que ce soit quelqu'un d'autre, pensé-je en descendant les escaliers.

— Tiens, je t'ai fait une salade de pâtes au cas où le repas serait immangeable !

— Merci, Lilia, et encore désolée pour hier !

— Ce n'est rien, ton ami m'a tout expliqué ! Il est très poli et vraiment très charmant, si tu veux mon avis.

— Oui, je sais ! Tout le monde me le dit depuis hier donc je ne peux qu'être au courant ! murmuré-je.

— Qu'as-tu dit ?

— J'y vais, à ce soir !

— D'accord.

Sans me souvenir que quelqu'un est venu me chercher et attend de l'autre côté de la porte, je l'ouvre sans regarder, avance et me cogne à Julian.

— Oh pardon, Julian !

— Bonjour, Sheyla, ça va ?

Je me sens toute bizarre de l'intérieur, je suis contente de le revoir et en même temps intriguée par cet homme.

— Bonjour, Julian ! Oui, ça va, tu m'as juste…

— Surprise ?

— Surprise, c'est ça. C'est le mot que je cherchais !

Sur ce, je lui offre mon sourire des plus angéliques, et me retourne aussitôt. Il est vrai qu'il est gentil et adorable, mais de là à en devenir accro, il ne faut pas exagérer !

— Quelque chose te tracasse ? me demande-t-il alors que l'on marche jusqu'à notre école.

Dois-je lui en parler ?

— Oui, mais…

— Qui y a-t-il ?

— Je peux te poser une question, Julian ?

— Ma foi, si je peux te répondre, pourquoi pas ?

— As-tu entendu parler de ces meurtres où les victimes sont retrouvées la gorge marquée par deux trous et vidées de leur sang ?

— Oui vaguement pourquoi ?

Je ne comprends pas, mais j'ai la sensation qu'il se raidit

— Eh bien, parce que j'enquête dessus !

— Tu fais partie de la police ?

Un rire m'échappe, ce qui le soulage.

— Non ! Mais mon père l'était avant de mourir.

— Oh ! Vraiment désolé.

— Non, ce n'est rien, il est mort depuis quelques années maintenant et ça fait moins mal d'en parler.

— D'accord… Où voulais-tu en venir avec cette histoire de meurtres ?

— Eh bien, c'est étrange de parler de tout ça avec toi, étant donné que l'on ne se connaît que depuis hier !

— Ce n'est pas grave, tu sais, lorsque tu l'auras décidé, tu pourras m'en parler. Jusque-là, j'attendrais.

— C'est gentil, oublie toute cette histoire pour l'instant, s'il te plaît !

— Comme tu voudras.

Sur ces dernières paroles, nous nous arrêtons, il se penche ensuite vers moi et me donne un baiser sur la joue, mais près de ma bouche. Je ne sais pas pourquoi, mais je ne peux lui résister.

— Signorina, à plus tard.

Une fois seule je recouvre mes esprits et me rends compte qu'on est déjà à l'école. Je rejoins le bureau du directeur.

Une fois devant, je toque.

— Entrez !

— Bonjour, monsieur, excusez-moi de…

— Ah ! Bonjour, mademoiselle Fullgrine, comment allez-vous ?

— Très bien, monsieur, merci, mais si je suis venue c'est…

— Alors, que me vaut le plaisir de votre visite ?

Peut-être que s'il me laissait finir mes phrases, je pourrais le lui dire.

— J'accepte !

Au moins là, il n'a pas pu me couper la parole !

— Voilà une excellente nouvelle que vous m'apprenez, mademoiselle ! Bien, qu'est-ce qui vous a décidé ? Si ce n'est pas trop vous demander.

— Je n'en sais pas plus moi-même, monsieur. La seule chose que je peux vous dire, c'est que j'ai fait connaissance avec Julian hier, et par ses manières galantes, je ne comprends pas le comportement des autres. Donc si je peux le protéger, je le ferai.

— C'est parfait, et j'aime vous l'entendre dire ! Je sais qu'avec vous, je peux être confiant.

— Merci, monsieur. Je peux m'en aller ? J'ai un cours d'histoire de l'art et je ne voudrais pas y arriver en retard !

— Évidemment vous pouvez y aller !

— Merci, monsieur, et au revoir.

— Au revoir, mademoiselle !

Je sors de son bureau, assez satisfaite de moi-même. Mais je dois me dépêcher si je veux être à l'heure en cours.

Une fois arrivée, je vois Julian s'asseoir près de moi, toutes les filles me fusillent du regard.

— Tu veux ma mort ? lui lancé-je.

— Pourquoi dis-tu cela ? me demande-t-il.

— Eh bien, regarde autour de toi.

Lorsqu'il s'aperçoit que toutes les filles nous regardent, il se me donne un léger baiser sur la joue. Je ne peux m'empêcher de rougir et tourne la tête à l'opposé de lui. Même si je ne le vois pas, j'entends son rire étouffé à mes côtés.

À la fin du cours, il me glisse un papier dans la main.

— Signorina, pour toi.

Je ne sais pourquoi, mais chaque fois qu'il me parle italien cela me fait craquer ! J'ouvre le mot :

« Signorina, ma belle, rendez-vous après les cours à la Clairière. »

Comment pourrais-je refuser ? Dois-je refuser ? Que me veut-il ? C'est peut-être un vampire ! Et s'il voulait me demander de sortir avec lui ? Je ne veux pas le blesser. Mieux vaut ne pas y aller.

Après les cours, je fais un détour et rentre chez moi sans aller à son rendez-vous. Je verrai bien demain ce qu'il me veut.

Une fois à la maison, je travaille un peu avant de rejoindre Derek au gymnase.

Arrivée sur place, je vois Derek s'entraîner ce qui me fait penser à Darryl. Il est encore très charmant pour son âge. Je pose mon sac et approche sans faire de bruit. Il s'arrête et se tourne vers moi.

— Bonjour, Sheyla, c'est donc toi la fille de Josh ! Tu es vraiment magnifique. Je comprends mieux maintenant pourquoi mon fils craque pour toi. Voyons si tu es aussi douée que Darryl le dit. Approche, je ne mords pas !

— Bonjour, vous êtes Derek, c'est ça ?

— Le seul et l'unique, ma belle ! Allez, viens ici. On va s'étirer et courir un peu pour s'échauffer, ensuite…

— Je taperai dans le sac ! Je connais la musique.

— Eh bien je vois que mon fils te fait le même échauffement. Tant mieux. Alors au travail !

On commence l'étirement ensemble comme avec Darryl. Après plusieurs tours du gymnase de plus en plus vite avant de finir par taper quelques minutes dans le sac.

— Parfait ! À présent, montre-moi ce que mon fils t'a appris afin que je sache où tu en es. Je vais t'attaquer, à toi de m'arrêter. Si tu peux !

J'ai le sourire aux lèvres, car j'ai l'impression d'entendre Darryl. On monte sur le ring. Il démarre doucement et je le stoppe. Puis il recommence plus violemment, mais une fois de plus, je le bloque. Il continue ainsi jusqu'à ce que je n'y parvienne plus.

Soudain, je me retrouve plaquée contre l'angle du ring, Derek n'est qu'à quelques centimètres de moi !

— Tu as la chance d'être la fille de Josh et la petite chérie de mon fils sinon…

— Qu'ai-je fait de mal ?

— Bien au contraire ! Tu es douée et très belle ! Mais je ne te toucherai pas, par respect pour ces deux hommes. Surtout si tu deviens ma belle-fille.

— Mais je ne sors pas avec Darryl, monsieur !

— Oh ! Dans ce cas ! Ça change tout !

— Oui, mais je suis la fille de Josh ! Et je ne pense pas que mon père aurait aimé que vous me fassiez des avances !

— Tu as raison, Josh était mon ami. Je ne ferais rien. Mais je vais aimer t'entraîner ! C'est vraiment plaisant pour les yeux, me dit-il un sourire aux lèvres.

— Apprenez-moi à me battre et me défendre contre ce qu'il y a dehors ! C'est tout ce que je veux !

— Bien. Alors je vais te montrer de nouvelles techniques de défense. Jeudi on verra comment tu attaques. Allez, en piste ma belle !

On commence ensuite la pratique des nouvelles techniques afin que je les apprenne. Puis comme son fils, il ôte son tee-shirt et me propose de l'attaquer et de mettre en pratique ce qu'il vient de m'enseigner. À la fin de l'entraînement, il prend sa serviette et sa bouteille d'eau et me dit d'en faire autant. On finit en s'étirant.

— Je suis content. Tu es douée et tu apprends aussi vite que ton père. Même plus vite. C'est un réel plaisir d'avoir une élève comme toi. Repose-toi bien et on se voit jeudi.

— Merci, monsieur. C'est le plus beau compliment que vous pouviez me faire !

— C'est la stricte vérité. Allez, file. Ta tante doit t'attendre. À jeudi ma belle.

— À jeudi, monsieur !

— Appelle-moi Derek.

— À jeudi, Derek !

— À jeudi, Sheyla !

Je prends mes affaires et rejoins ma voiture. En rentrant à la maison, Lilia est énervée.

— Où étais-tu, Sheyla ? me dit-elle au bord de l'hystérie.

— Je t'ai laissé un message sur le frigo et je t'ai envoyé un texto pour te le dire. Darryl étant parti, c'est son père Derek qui m'entraîne !

— Oh, oui, c'est vrai ma chérie. Désolée, je me faisais du souci. Bon, alors va te laver et descends pour manger. Gratin de chou-fleur ce soir.

— Miam ! Je fais vite !

Après m'être lavée, je redescends pour manger.

— Alors, ton entraînement avec Derek ? Il est très beau de ce que je me souviens !

— Oui, il ne peut pas renier Darryl, ils ont la même tête ! Et le même corps.

— Et ton entraînement ?

— Parfait ! Derek m'a appris de nouvelles techniques de défense. Jeudi il va m'apprendre des techniques d'attaque !

— Tant mieux. Ton père disait sans cesse à quel point Derek était un bon professeur de défense. Je suis rassurée de savoir que si on t'agresse dans la rue, tu peux te défendre.

— Oui, moi aussi j'ai moins peur.

On continue un peu à parler puis je monte me coucher tellement je suis épuisée. Une fois dans mon lit, j'entends mon téléphone vibrer. C'est un message de Darryl.

« *Coucou Sheyla. J'espère que ton premier entraînement avec mon père s'est bien passé ? Il ne t'a pas trop fatiguée ? Bises. Darryl.* »

Je ne tarde pas à lui répondre.

« *Coucou. Ton père est un excellent entraîneur tu avais raison. Il était super, mais je préfère quand même m'entraîner avec toi. Tu me manques. Je t'embrasse. Bonne nuit. Sheyla* »

Je trouve le message de Darryl bizarre. Serait-il jaloux de son père ? Il devrait savoir que personne ne peut le remplacer. Si j'avais pu le garder, je l'aurais fait.

Sinon à part cela, je n'arrive pas à cerner Julian et ça m'agace. Je n'aime pas être dans l'ignorance, mais je vais le découvrir son secret. En attendant, je vais me coucher.

Cinq heures du matin et je suis déjà réveillée. Mais bon, ce n'est pas grave, comme ça je pourrai partir avant que Julian ne vienne me chercher, je n'ai pas tellement envie de savoir pourquoi il m'a donné rendez-vous hier après les cours. Surtout s'il avait en tête de sortir avec moi, on s'entend très bien, mais je préfère que l'on reste amis et si c'était bien la raison de ce rendez-vous, je n'ai pas envie de lui briser le cœur. En plus la plupart du temps, ça gâche une amitié. Bref, je vais déjeuner, je pourrais passer à la bibliothèque avant les cours afin de me connecter sur le réseau de la police au cas où ils auraient découvert une piste.

Il n'est pas encore six heures trente, il vaut mieux que je parte maintenant en laissant un mot à Lilia. En franchissant la porte, j'ai un mauvais pressentiment. Ça me fait un peu peur, car la dernière fois que j'ai ressenti un truc pareil, j'ai rencontré Julian. Que va-t-il se passer aujourd'hui ? C'est une chance que la bibliothèque ouvre à six heures trente jusqu'à fin septembre, car sinon j'aurais dû effectuer mes recherches à la maison et du coup, croiser Julian.

La secrétaire de la bibliothèque m'accueille.

— Bonjour, c'est pour une recherche sur ordinateur, lui dis-je.

— Tenez la clef, c'est la salle au fond à droite. Dès que vous aurez fini, rapportez-la-moi.

— D'accord, par contre, puis-je imprimer ?

— Oui, la photocopieuse dans la salle des ordinateurs est rechargée. C'est dix cents la feuille.

— Merci !

On ne sait jamais si je n'ai pas le temps de tout lire au moins, j'emporterai le reste avec moi.

Apparemment il n'y a rien eu de nouveau. À part des animaux retrouvés vidés de leur sang, ils pensent à des chasseurs, mais je penche plutôt pour un vampire.   Un chasseur aurait-il laissé son trophée ? Je vais enquêter, car cela voudrait dire qu'il y a au moins un vampire passif dans le coin et j'aimerais faire sa connaissance. Je sais, je suis folle, mais bon, on ne se refait pas, et qui sait, c'est peut-être un ténébreux pour qui je craquerai. À moins que ce ne soit Julian… Non, c'est bon, j'arrête, il n'a rien d'un vampire le pauvre, s'il entendait cela, il m'en voudrait.

De ce que je sais, quel que soit le vampire, il laisse toujours les corps. Les vampires chasseurs torturent leurs victimes et ne se nourrissent que de sang humain. Les vampires actifs se nourrissent pas plus que nécessaire et principalement de sang humain. Sachant qu'ils ne torturent pas leurs victimes, ils les achèvent au plus vite. Les vampires passifs, ne se nourrissent que de sang animal c'est la seule chose dont je suis sûre, personne ne sait s'ils sont inoffensifs ou pas.

Je lis un article des archives de la ville, qui en parle, mais qui reste assez vague sur le sujet. Comment être sûre ? J'imprime tout ça, je les feuilletterai plus tard, car je dois y aller.

— Voilà j'ai fini et j'ai refermé à double tour. Tenez les clefs, dis-je à la secrétaire.

— Merci ! Au revoir mademoiselle.

— Au revoir, madame !

J'active le pas avant d'arriver en retard.

Heureusement je suis à l'heure, mais c'est étrange, je n'ai pas vu Julian et j'espère que ce n'est pas ma faute ! Je n'ai pas été très gentille avec lui, mais je pense que je lui aurais fait encore plus de mal si j'étais allée à son rendez-vous. Je ferais mieux de me concentrer sur le cours, car le prof me regarde, je vais bosser avant de me faire virer de la salle de classe.

Je commence vraiment à m'inquiéter. Je suis sur le chemin du retour quand je m'aperçois que je n'ai pas vu Julian de la matinée, m'en veut-il à ce point ? Arrivée à la maison, je vois Lilia qui m'attend.

— Salut, Lilia !

— Viens, ma chérie, il y a une surprise pour toi ici. Viens vite !

Au son de sa voix, ce ne peut être qu'une bonne nouvelle… J'approche du salon, un peu méfiante tout de même.

— Qui y a-t-il ?

— À toi de me le dire !

Sur la table, un bouquet de roses accompagné d'une petite boite, un écrin à première vue.

— Mais tu es sûre que c'est pour moi ?

— Oui, il y a ton nom sur la carte et sur la lettre déposée à côté de la boite.

— Ah bon ? Eh bien autant l'ouvrir, on sera fixées !

— Oh… mon… Dieu !

— Quoi ? Qu'est-ce que c'est ?

— C'est…

— Réponds, Sheyla ! C'est quoi ?

Je tourne la boite vers elle…

— C'est un diamant ! me lance-t-elle.

Plus précisément, c'est un collier en argent dont le pendentif est une pierre rouge. Un rubis plus exactement.

— Waouh ! Mais c'est qu'il ne se moque pas de toi ce garçon !

— Pourquoi, tu sais qui c'est ? lui demandé-je.

— Non, mais je suppose que c'est ton ami le grand brun ! Comment il s'appelle déjà ?

— Julian ?

— Oui, c'est ça, Julian !

— Non, je ne pense pas !

Je prends la carte accompagnant le bouquet. D'un côté il y a mon prénom et de l'autre, est inscrit « Tu sais qui c'est ! » L'écriture est vraiment délicate et ressemble à celle de Julian.

— Alors, qui c'est ?

— Je ne sais pas, il n'y a pas de nom…

— Ah ! Étrange, enfin, tu lui demanderas.

— Je n'aurais pas l'air idiot si ce n'est pas de lui, tiens ! Bon, je monte dans ma chambre, j'ai quelques travaux de dessin à faire.

— Tu as du travail à faire ou tu veux lire ta lettre tranquillement dans ta chambre, dissimulée au regard de tous ?

— Je ne vais pas la lire ! Je veux juste bosser !

— D'accord, grincheuse, allez, monte. Je t'appellerai pour le déjeuner.

Sur ce, Il est vrai que tout cela m'intrigue. Je tiens la lettre dans mes mains, mais je m'interroge : dois-je la lire ou pas ? Je ne sais pas. Si c'est bien Julian l'auteur de tout ça, que me veut-il ? M'acheter avec un diamant ? Me demander quelque chose de dangereux ? M'avouer quelque chose de grave ? Ne sachant pas quoi faire, je préfère remettre ma lecture à plus tard. Quoique… Et si c'était important ? Je prends mon courage à deux mains – ce n'est qu'un bout de papier après tout ! – et je lis.

« Sheyla,

Je n'ai pas osé venir te voir pour cela. Étant donné que tu n'étais pas à notre rendez-vous, je ne voulais pas te brusquer ! Je veux juste que tu me promettes de toujours garder ce collier à ton cou quoi qu'il arrive et de ne dire à personne concernant sa provenance. S'il te plaît, fais-moi confiance ! Je dois quitter la ville pour quelques jours, je t'expliquerai tout plus tard, peut-être. Au revoir, Sheyla, je t'embrasse.

Amitiés. Julian. »

La lettre ne m'avance pas plus en fin de compte ! Au contraire, elle a éveillé des questions. Pourquoi m'a-t-il offert ce collier ? Pourquoi ne dois-je pas l'enlever ? Pourquoi quitte-t-il la ville ? Est-il en danger ? Qui y a-t-il d'aussi grave ? Maintenant, je m'inquiète. Tout cela n'est pas clair.

Je ne sais plus quoi penser, je me retrouve à m'inquiéter pour Julian et en même temps, je suis un peu déçue qu'il ne m'ait parlé que de cela. Dire que je ne suis pas allée au rendez-vous parce que je pensais qu'il voulait sortir avec moi ! Au moins si j'y étais allée, je saurais de quoi il retourne ! Mais quelle idiote ! De toute façon, il est trop tard dorénavant, je ne peux pas faire marche arrière. Le pire, c'est que je n'ai aucun moyen de le joindre, aucun numéro, aucune adresse, rien ! De plus, je n'ai plus de nouvelles de Darryl depuis hier soir. Je lui ai envoyé un message après les cours, mais rien. Je me fais du souci pour lui aussi à présent. Et je n'ai personne avec qui en parler.

— Sheyla ! me crie Lilia.

— Oui ?

— On mange.

— J'arrive !

J'espère qu'il n'est pas en danger et que rien ne lui est arrivé. Surtout pas par ma faute, car je ne me le pardonnerai jamais ! J'espère aussi que Darryl va bien.

— Sheyla, tu viens ?

— Oui désolée, je rangeai juste une chose ! dis-je en descendant les marches.

Une fois en bas, Lilia me fixe, visiblement inquiète.

— Ça va, Sheyla ?

— Bien, pourquoi ?

— Je ne sais pas, je te sens… toute perturbée !

— Non je t'assure, ce n'est rien !

— Sheyla, je te connais assez pour savoir quand ça coince ! Donc, dis-moi ce qui ne va pas.

— Eh bien…

Ai-je le droit de lui dire ? Ou Julian parlait-il de tout le monde ? Ne sachant pas, je préfère ne pas prendre le risque, il a quand même dit « *personne* » ! Donc je cherche un mensonge à lui servir.

— Serait-ce au sujet de cette lettre ? finit-elle par me demander.

— Oui.

— Que se passe-t-il ?

— Eh bien… il est parti pour quelques jours et c'était pour me demander si je pouvais lui prendre les devoirs !

— Mais qu'est-ce qui te chagrine ?

— Eh bien je m'inquiète de la raison pour laquelle il est parti !

— Tu sais, s'il ne te l'a pas dit, c'est peut-être qu'il a perdu de la famille !

— Peut-être oui…

— Et pour le collier, il a donné une explication ?

— Non. On mange ?

— Oui bien sûr. Mais tu es sûre que ce n'est que ça ?

— Darryl me manque et je n'ai plus de nouvelles depuis hier.

— Il a peut-être beaucoup de travail, ma chérie !

— Oui, tu as raison. Allez, mangeons.

Après le repas, je retourne dans ma chambre où je passe toute l'après-midi à m'inquiéter. J'essaie de travailler, car j'ai mon examen cette année, mais c'est compliqué. J'ai envoyé pas moins de six messages à Darryl, aucune réponse. Le soir après le dîner et avant de me coucher, je l'appelle, mais il se passe une chose à laquelle je ne m'attendais pas. Une femme répond et me dit être sa petite amie. Je raccroche sans rien ajouter et ne cesse de pleurer. Je ne comprends pas pourquoi cela me fait aussi mal. Il est vrai que je lui avais clairement fait comprendre que je ne voulais pas de lui. Donc c'est normal qu'il se trouve quelqu'un d'autre. Mais j'aurais aimé qu'il m'en parle lui. Et pourquoi ne m'a-t-il pas répondu lui-même ? Ou à mes SMS ? Je me sens tellement seule. Darryl est parti pour refaire sa vie. Julian est absent pour quelques jours… Je me sens abandonnée.

Je mets de la musique douce et lis les anciens messages de Darryl, et je pleure encore plus. Après une heure ou deux, je finis par m'endormir.

Il n'est que cinq heures du matin lorsque je me réveille. La nuit a été courte entre ma douleur causée par Darryl et l'absence de Julian. Je ne sais plus comment je dois réagir.

La journée est la plus longue de toute ma vie tellement j'ai hâte de voir Derek, peut-être me donnera-t-il des nouvelles de son fils.

Le soir, arrivée au gymnase, je ne sais pas comment lui demander. J'opte pour lui poser directement la question.

— Ah bonjour, Sheyla ! Alors, prête pour ton entraînement ?

— Bonjour, Derek. Oui, mais d'abord, j'ai une question.

— Que t'arrive-t-il, ma belle ?

— Je n'ai plus de nouvelles de Darryl. Est-ce qu'il va bien ? Compte-t-il revenir un jour ?

— Ça fait deux questions, là !

— Derek, désolée, mais je ne suis pas d'humeur à la plaisanterie.

— Écoute, Sheyla, Darryl ne va pas très bien depuis qu'il sait que tu as un petit ami. Et je ne pense pas qu'il reviendra.

À l'entente de cette phrase, je m'effondre. Les larmes me montent, mais elles ne veulent pas sortir. Je m'assois à même le sol, le visage enfoui entre mes genoux. Derek s'approche de moi et m'aide à me relever.

— Que se passe-t-il, ma belle ? Vous vous êtes disputés ?

— Même pas ! La dernière fois qu'il m'a parlé, il m'a demandé mardi soir comment s'était passé notre entraînement ! Je lui ai répondu normalement. Et depuis, plus rien ! De plus, ce n'est pas moi qui sors avec quelqu'un, mais lui.

— Comment ? De quoi tu parles, Sheyla ?

— Hier soir je l'ai appelé, car je ne supportais plus d'attendre qu'il m'envoie une réponse. C'est une femme qui a répondu à son téléphone à plus de 21 h, en me disant qu'elle était sa petite amie. Je n'ai rien dit et j'ai raccroché.

— Je suis désolé, ma belle. Pourquoi ne pas lui avoir dit que tu tenais vraiment à lui ?

Je prends mes affaires et me dirige vers la sortie.

— Sheyla, attends ! Ton entraînement ? N'abandonne pas pour autant ! Je vais parler à mon fils.

— Laisse tomber, Derek ! C'est toujours la même chose. Dès que je m'attache à une personne, j'en souffre après. Je ne veux plus entendre parler de Darryl. Qu'il reste où il est avec sa petite amie. Dis-lui juste qu'il m'a brisé le cœur et que je ne veux plus jamais le revoir. J'avais confiance en lui, il m'a trahie. Je ne veux plus de lui dans ma vie. Jamais ! Et l'entraînement, c'est fini ! Merci pour tout. Au revoir, Derek.

Je pars avant qu'il ne puisse me répondre et cours jusqu'à ma voiture. Je m'en vais si vite qu'il ne peut me rejoindre. Au loin je le vois dans mon rétroviseur, avec un téléphone à l'oreille. Par chance, arrivée à la maison, Lilia n'est pas encore rentrée du travail. Je prends une douche pour me calmer. Mes larmes coulent enfin, ce qui me permet de libérer ma peine.

Un long moment après, je retrouve ma chambre et m'allonge sur mon lit. J'ai tellement mal. Il faut absolument que j'oublie Darryl. Comment l'homme qui était prêt à attendre pour être avec moi, et qui m'avait sauvé la vie il n'y a même pas une semaine a déjà pu tourner la page ? D'accord, je ne voulais pas sortir avec lui, mais il était censé être mon ami.

De toute façon, comme on dit, c'est une fois qu'elle n'est plus là que l'on se rend compte à quel point on tient à une personne. J'ai perdu mon meilleur ami, mon confident, la personne en qui j'avais le plus confiance. Tous les jours on se parlait pendant des heures. Combien de fois il est venu me chercher alors que je n'étais pas bien, juste pour me changer les idées. Il m'a tout simplement laissée tomber pour une autre. Après tout ce que l'on a vécu en cinq ans. Je ne le pensais pas capable de cela. Je ne m'attacherai plus à personne, c'est fini.

Qu'il puisse refaire sa vie est une chose, mais qu'il me tourne le dos aussi rapidement, alors qu'il m'avait promis de ne jamais me laisser tomber, ça, c'en est une autre. Il m'a abandonnée et oubliée !

Je vais en faire autant. Moi aussi je vais profiter de ma vie à présent. Moi aussi je vivrai ma vie comme bon me semble.

Je ne m'attacherai et ne ferai plus confiance. C'est terminé !

Chapitre 5

Cela fait plus d'une semaine que je n'ai pas vu Julian et dans moins de trois heures, je suis censée aller au cimetière de Cleevhock afin d'enquêter sur les meurtres. Mais je suis tellement inquiète pour Julian que je ne sais pas si j'arriverai à me concentrer sur les vampires alors que je ne sais même pas où il est. S'il est encore en vie. S'il lui est arrivé quelque chose. Ou si au contraire tout va bien. Je ne sais rien et je me fais vraiment du souci.

Pour ce qui est de Darryl, j'ai bloqué son numéro. Il a appelé plusieurs fois à la maison, mais soit je raccrochais tout de suite, soit je disais à Lilia que je ne voulais pas lui parler et je ne voulais pas de son message. Il a fini par ne plus appeler après quatre jours.

Depuis, je m'entraîne toute seule dans une salle de sport dans la ville voisine. Lilia ne veut plus se disputer avec moi, donc elle me soutient du mieux qu'elle peut. Mais elle s'inquiète pour moi.

Pourtant je vais mieux, je suis allée voir Gaella, elle m'a donné un mélange d'herbes à boire en infusion pour apaiser ma peine.

Il faut que je réunisse mon courage, car je dois me rendre au cimetière de Cleevhock et j'ai à peu près une demi-heure de marche, donc cela ne me fait qu'une heure pour me préparer et vérifier que j'ai bien tout, car j'aimerais arriver en avance.

J'y suis presque lorsque je me perds dans mes pensées. Depuis que Julian m'a offert le collier, je ne l'ai plus quitté, même si beaucoup de monde m'a harcelée pour savoir d'où il venait, mais je leur ai menti à tous. Je n'avais pas le choix, Julian m'a demandé de ne rien dire, donc je ne dis rien. Cela fait une semaine aussi que j'ai le sentiment d'être suivie. Bien évidemment pour ne pas céder à la panique, je me suis dit que c'était Julian qui veillait sur moi, mais parfois, cela m'a donné envie de me retourner et de lui parler. Je n'aurais pas l'air d'une folle s'il n'y a personne.

Enfin arrivée, je me planque derrière un gros arbre.

Je crois que j'ai entendu un bruit ! Mais pendant que j'y pense, que vais-je faire une fois que j'aurai vu à quoi ressemble le tueur ? Et si c'est quelqu'un que je connais ? Et s'il me voit ? Bon, je dois me calmer, je n'ai rien à craindre ! Oh, mon Dieu, s'ils sont trop nombreux, je serai la prochaine et je ne reverrai jamais Julian, ni Lilia ou les autres ! Je rêve où j'ai pensé à Julian en premier ? Serais-je en train de tomber amoureuse ? Non ! Bien sûr que non !

J'entends soudain quelqu'un sortir des buissons. C'est une femme blonde, de taille moyenne, mais elle n'est pas seule, et se dispute avec un homme ! Un rouquin, de petite taille. Apparemment, il se nomme Drenane ! Et si j'ai bien entendu, la femme s'appelle Dailana, mais je n'en suis pas sûre. Ils sont étranges ces deux-là ! Mais oh, quelle horreur ! Il y a une fille avec eux, je crois qu'elle est morte ! C'est donc la nouvelle victime.

Mince, à trop reculer je viens de tomber ! Oh non ! Ils m'ont entendue. Comment vais-je m'en sortir ? Mais qu'est-ce que… ? C'est un animal, le pauvre, il est encore chaud. Il a été tué il n'y a pas très longtemps, c'est répugnant. Une idée me vient. On verra bien si ça marche.

— Hey toi ! Qui es-tu ? me demande la femme.

— Moi ? Quelle importance ! Je ne suis personne, j'erre par ici en quête de nourriture !

— C'est toi qui as tué cet animal ? ajoute-t-elle.

— Pourquoi, cela te pose un problème ? lui dis-je déterminée à me faire passer pour l'un d'entre eux.

— Non, c'est juste que… moi c'est Dailana, lui Drenane, et toi ?

— Moi c'est…

— Dailana, on n'a pas le temps pour le copinage, il n'est pas loin, on doit y aller.

— Qui n'est pas loin ? osé-je demander.

— Un autre vampire ! Mais apparemment je me suis trompée, vous devez être plusieurs. Tu ne m'intéresses pas. Pour l'instant ! On doit y aller on parlera plus tard ! me répond-elle.

— D'accord, à plus tard alors !

Je n'y crois pas, ça a marché ! Mais au fait, de qui elle parlait ? Mais… Oh non ! Encore quelqu'un ! Qu'est-ce qu'il y a comme monde ici !

— Julian ? Julian ! dis-je surprise, puis rassurée.

Je lui saute au cou et il me serre contre lui.

— Je suis si contente de te voir, Julian.

— C'est ce que je vois.

Sur ses paroles, je recule légèrement. On n'est qu'à quelques centimètres l'un de l'autre.

— Sheyla, ma belle, que fais-tu ici ? Tu es blessée ?

— Non, ne t'en fais pas, ce n'est pas mon sang.

Je m'essuie la bouche et reprends.

— Ne me dis pas que c'est toi le… enfin la personne que ces deux monstres cherchaient ?

— Monstres ? Cherche ? Mais de quoi tu parles, Sheyla ?

— Que fais-tu ici, Julian ?

— Sheyla, tu ne m'as pas répondu.

— Toi non plus.

— De quels monstres parlais-tu ?

— Il y avait deux vampires ! L'une, c'est Dailana et l'autre, Drenane !

— Tu es sûre ? dit-il inquiet.

— Quoi donc, Julian ?

— Comment as-tu su leur identité sans te faire tuer ?

— Eh bien, je leur ai fait croire que c'était moi qui avais tué cet animal-là !

En voyant l'animal, il me regarde choqué.

— Julian, qui y a-t-il ?

— Ils t'ont cru ?

— Oui pourquoi ?

— Tu as eu de la chance. J'ai lu que les vampires étaient très dangereux !

— C'est normal, ce sont des vampires chasseurs ! lui lancé-je.

— Mais dis-moi pour qui me prenais-tu ? Ou plutôt pour quoi ?

— Pour un vam… non rien. Laisse tomber, Julian, désolée !

— Dis-moi ! Ne t'en fais pas, je ne t'en voudrais pas, Sheyla.

— Quand tu es arrivé, les deux autres ont fui un vampire. Passif apparemment, du coup, j'ai cru que…

— C'était moi ?

— Euh… oui, désolée !

— Ce n'est pas grave, dans de telles conditions cela peut paraître suspect. Mais dis-moi, tu avais peur que je connaisse deux vampires chasseurs, mais pas que j'en sois un ?

— Non, car si tu étais bien ce vampire, tu serais un passif donc inoffensif, enfin je crois. Mais je t'en aurais voulu de connaître deux sales chasseurs, ça, c'est sûr ! Ou alors, il t'aurait fallu une bonne excuse.

— Ah ! Donc j'ai le droit d'être un vampire passif. Mais je n'ai pas le droit d'être ami avec des vampires chasseurs ! Tu me fais rire, mais je prends note.

— Bien sûr !

Mais pourquoi il fait cette tête ? On dirait qu'il se réjouit de ce que je viens de lui dire ! Je ne comprendrai jamais cet homme, je crois.

— Je te raccompagne ?

— Si tu veux. Mais que fais-tu là au fait ?

— Je me promenais, car je cherchais un ami. Mais je suis tombé sur toi.

Sur ce, nous prenons la route vers chez moi. D'ailleurs, je ne sais toujours pas où il habite, mais cela fait partie de tous ses mystères. Soudain il me prend par le bras et m'entraîne vers une autre route.

— Mais ce n'est pas le chemin pour aller chez moi ! lui dis-je.

— Non, je sais. Il faut que je te montre quelque chose avant de te ramener !

— Quoi donc ?

— Tu verras !

On se rapproche d'une grande villa et je ne sais plus où on est. Soudain une lumière s'allume après que l'on ait franchi un portillon. Une petite dame âgée sort. Elle a les cheveux courts, bouclés et de couleur blanc avec la peau très claire. Elle est plutôt mince, a le dos légèrement courbé, et se déplace à l'aide d'une canne.

— Julian, c'est toi mon garçon ?

— Oui, madame McFires, c'est bien moi, lui répond-il.

— Très bien, rentre maintenant, on s'est beaucoup inquiétés de ne pas te voir revenir !

— Je suis vraiment désolé, c'est juste que…

— C'est moi qui l'ai retenu, madame, je m'en excuse, finis-je par ajouter.

— Qui est cette adorable jeune fille ?

— Je suis Sheyla, madame !

Je prends la main de Julian sans chercher à comprendre.

— Joue le jeu ! lui dis-je tout bas.

— Oh je vois ! Ne tardez pas trop. Au revoir, Sheyla ! Quel joli prénom… eh bien, heureuse de t'avoir rencontrée mon enfant, à bientôt !

— Moi de même, madame McFires, au revoir.

Sans lâcher ma main, il m'entraîne à l'intérieur dans un petit studio très mignon collé à la grande villa qu'occupe le couple de retraités. Julian m'explique qu'ils avaient décidé de louer le studio à Julian après qu'il ait aidé madame McFires à porter et ranger ses courses alors qu'il chercher un endroit où habiter quelque temps. Je savais que Julian n'était pas comme les autres ! L'intérieur me confirme que Julian n'est pas comme tout le monde. Tout est bien rangé. Il n'y a que le strict minimum en ameublement. Un fauteuil près d'une petite bibliothèque, une table avec une chaise près de la kitchenette, un lit dans le coin chambre avec une commode et un bureau avec une chaise dans un autre angle avec une lampe. Tout est à sa place, rien ne dépasse. Il n'y a que la tapisserie ancienne couleur crème à fleurs bleues pour décorer les murs.

— Voilà, c'est chez moi ! me dit-il calmement.

— C'est adorable !

— C'est gentil, au fait, merci de m'avoir aidé devant la propriétaire, elle est tellement protectrice envers moi que je ne pouvais pas lui dire la vérité. Surtout que son propre fils s'est fait tuer il y a quelques semaines par un de ces vampires que tu poursuis.

— Ne me dis pas que c'était Eric ! lui lancé-je.

— Si, comment le sais-tu ?

— Eh bien… je suis cette affaire de très près. Depuis que j'ai appris que ma famille n'était pas morte dans l'incendie, ils ont retrouvé les corps calcinés, mais portant des marques de morsures. Donc je sais que tout cela est l'œuvre de…

— Vampires ?

— Oui.

— En es-tu sûre ?

— Mon père enquêtait sur eux et il y croyait dur comme fer ! Je ne suis pas stupide. Je sais bien que ce sont des vampires qui ont tué ma famille. Un jour, je les retrouverai et les tuerai.

Je ne peux m'empêcher de pleurer et il me prend dans ses bras pour me consoler. Le fait de me remémorer tous ces souvenirs fait ressortir la souffrance qui va avec. Il me serre contre lui et pose sa joue sur mon front. Je n'ai jamais remarqué la légère différence de température entre sa peau et la mienne. Sa peau est légèrement plus fraîche, mais dégage une chaleur étrange. C'est à ne rien y comprendre, mais je ne vais pas m'attarder sur ce détail, surtout au vu de la situation dans laquelle je suis. Être dans ses bras à pleurer n'est pas une chose à laquelle je m'attendais. Lorsque tout à coup il relève ma tête par le menton et me regarde droit dans les yeux.

— Je serai toujours là pour toi, Sheyla ! Quoiqu'il arrive et si par ma vie je peux t'aider à retrouver le coupable, alors je le ferai ! Tu pourras toujours compter sur moi.

— Julian, je peux te poser une question ?

— Bien sûr, laquelle ?

— Tu tiens à moi ? lui demandé-je.

— Oui, quelle question !

— Cela ne fait pourtant même pas deux semaines que tu me connais !

— Je sais, mais je me sens comme lié à toi, je ne pourrais pas te l'expliquer !

Il est vrai que moi aussi je perçois ce lien et je sais que je suis en sécurité avec lui, même si je ne sais pas pourquoi. Relâchant doucement son étreinte tout en continuant de me fixer il rapproche sa tête de la mienne et dépose un baiser sur mes lèvres. Je le sentais venir, mais je ne parviens pas à l'arrêter. On s'embrasse plusieurs minutes. Soudain, je me sens perdue dans un flot de sentiments que je ne comprends pas. Comme si je perdais le contrôle de mon propre corps. J'en ai même la tête qui tourne.

Tout à coup, je reprends mes esprits et recule. Je ne sais pas pourquoi, mais une chose est sûre, je sens mes joues rougir par le malaise que je viens d'installer.

— Pardonne-moi, Julian… je…. !

— Non, c'est à moi de m'excuser. Je n'aurais pas dû sans ta permission, je suis vraiment désolé de l'avoir fait ! Je ne sais pas ce qu'il m'a pris, me dit-il.

— Ce n'est pas ça, c'est juste que…

Je n'arrive même pas à finir ma phrase ! pensé-je.

— Sheyla, ce n'est pas le moment. J'ai compris.

Pourquoi je n'y arrive pas ? Je m'étais promis d'oublier Darryl. Je dois passer à autre chose. Pourquoi c'est si dur ? Je dois apprendre à me laisser aller avec un autre homme que Darryl. Et Julian est différent de lui !

— Ne m'en veux pas, Julian, je ne sais pas ce qui m'arrive. Je ne me sens pas très bien.

— Je ne t'en veux pas.

— Julian, je…

— Je vais te ramener, Lilia risque de se faire un peu de souci.

— Oui, tu as raison. Je pense que c'est mieux.

Une fois devant ma porte, je ne sais plus quoi dire ni comment lui dire au revoir ! J'allais opter pour un simple « au revoir » et « à demain », mais….

— Julian, je…

— Ne dis rien, ce n'est pas grave ! À demain, Sheyla !

— À demain Julian !

Je recule légèrement et commence à partir, mais hésitante, je m'arrête.

— Et puis flûte, je dois passer à autre chose ! dis-je à voix haute.

Sur ces paroles, je lui fais face, hésite encore une seconde, puis lui saute au cou et l'embrasse. Il ne s'y attendait pas. Puis soudain il m'arrête et recule en regardant autour de nous.

— Julian, qui y a-t-il ?

— Nous ne sommes pas en sécurité ici, Sheyla, promets-moi de ne jamais retirer ce collier. Ne fais confiance à personne.

— Julian, tu me fais peur ! Que se passe-t-il ?

— Désolé de t'avoir mêlée à tout ça, je n'aurais pas dû, mais je ne peux pas demeurer loin de toi. Je ne comprends pas cette connexion entre nous.

— Julian, tu as des ennuis ?

— Oui, on peut dire ça ! Sheyla, je dois y aller. Je vais régler ça et…

— Et quoi, Julian ?

— Promets-moi que quoi qu'il se passe, tu ne feras rien d'imprudent.

— Je ne peux pas te promettre cela. Je ne suis pas ainsi.

— Sheyla, je ne le supporterai pas s'il t'arrive quelque chose !

— Moi non plus, je ne supporterai pas de te perdre ! Alors, ne fais rien de stupide.

— Je ne peux pas te le promettre non plus.

— Alors, promets-moi de faire attention, Julian, pour moi !

— Je ferai tout mon possible, je te le promets ! Mais toi aussi fais attention.

— Je ferai attention autant que je le pourrais.

Il me donne un baiser, mais cela sonne comme un adieu. Ce qui me fait couler une larme.

— Je ne t'abandonnerai pas, Sheyla.

— Tu n'as pas intérêt, car si tu disparais, je viendrai te chercher.

— Je n'en doute pas. Au cas où, ne m'en veux pas pour ce que tu risques d'entendre à mon sujet.

— Julian, je ne comprends pas ?

— Si je ne reviens pas, suis les indices que je t'ai laissés, mais reste prudente. S'il te plaît.

Il me donne un dernier baiser et disparaît. Je le cherche des yeux, mais ne le trouvant pas, j'entre. Lilia est dans le salon à m'attendre. Elle a l'air très en colère. Mais en me voyant elle change de comportement, elle se radoucit et vient vers moi.

— Que se passe-t-il, ma chérie ?

— Pardonne-moi, Lilia, j'étais avec Julian.

— Il est revenu, c'est génial ! Enfin… je crois !

— Oui, c'est vrai… on s'est même embrassés, dis-je sur un ton partagé.

— Mais c'est quoi le problème ?

— Je ne sais pas trop. Je crois que Julian a de gros ennuis. Et j'ai peur de le perdre lui aussi.

— Garde espoir, ma chérie, s'il t'a embrassée, cela prouve qu'il tient à toi !

— Oui, tu as raison, mais Darryl aussi m'a embrassée ! Et il est parti.

— Ne te tourmente pas, il vient juste de rentrer, il ne va pas repartir ! Allez, viens, ma chérie. Je t'ai attendue.

— Merci, Lilia, mais je n'ai pas faim…

— Sheyla, tu dois manger un morceau. En plus, je t'ai fait ton repas préféré.

— Des macaronis au fromage ?

— Oui, et des brownies au chocolat blanc pour le dessert.

— Il y a du coca light ?

— Oui.

— Bon j'avoue, si tu me prends par les sentiments, je ne peux pas résister.

— Va t'asseoir sur le canapé, il y a *Dracula* qui passe dans vingt minutes. Je vais chercher le repas !

— Tu es la meilleure pour remonter le moral. Merci, Lilia.

— De, ma puce, je reviens. Mets le film.

On passe une super soirée, elle me taquine même pour savoir si Julian embrasse bien et joue les jalouses, car mon copain est canon.

Quand je vais me coucher, je mets quelque temps pour m'endormir, j'y arrive quand même en repensant aux deux baisers échangés avec Julian. Il est vrai qu'il embrasse bien.

******

Quatre mois passent et les meurtres continuent, on est en février et je n'ai plus vu Julian depuis cette fameuse soirée où l'on s'est embrassés ! Mais que lui est-il arrivé ? Je suis tellement inquiète pour lui, mais pourquoi je l'ai laissé partir ? J'ai une fois de plus perdu une personne que j'aimais. Car que je le veuille ou non, je suis quand même tombée amoureuse de Julian. Mais il a fallu qu'il disparaisse lui aussi de ma vie pour que je puisse m'en rendre compte ! J'espère que ce ne sont pas mes baisers qui l'ont fait partir !

Mais est-il vraiment parti ou a-t-il été kidnappé ? Non, il ne faut pas penser à ça ! En tout cas, s'il était une des victimes, je l'aurais su. Il faut que j'arrête de penser à de mauvaises choses. Tout ce que je sais, c'est que lui aussi a disparu après m'avoir embrassée et promis de ne pas m'abandonner… Je dois porter malheur, ou alors je suis maudite… Je ne vois pas d'autres explications !

Il m'a dit qu'il m'avait laissé des indices, mais je n'ai rien trouvé ! Je crois que ma peine a pris le dessus. De plus il y a un mois, j'ai croisé Derek, il m'a dit que depuis la dernière fois que l'on s'était vus il avait appelé Darryl pour lui répéter ce que je lui avais dit, mais que depuis il n'avait plus de nouvelles. Même si je pense que Darryl doit sûrement être trop occupé avec sa petite amie, pour donner des nouvelles ! Et cette idée ne me plaît pas. Il a tellement changé avec sa nouvelle vie, il a même abandonné son propre père. C'est pour dire à quel point il n'est plus le même. Mais c'est son choix donc je ne dois pas me torturer. Plus pour lui en tout cas. Seul Julian m'importe à présent. Même si une part de moi se demande si je ne m'accroche pas à Julian, car j'ai perdu Darryl…

Chapitre 6

Je mène mon enquête pour retrouver Julian, mais c'est un échec, comment puis-je vivre sans lui ? Je ne fais que penser à lui, jour et nuit, toute la journée, toutes les heures, chaque seconde ! Mais pourquoi je ne l'ai pas retenu ? J'ai essayé de passer à autre chose sans lui, en pensant qu'il m'avait quittée finalement, mais mon inquiétude pour lui a pris le dessus à chaque fois ! Même mes amies Bénédicte, Alice et Carole n'ont pas réussi à me remonter le moral ! Lilia a bien essayé, mais sans résultat non plus ! J'ai un vide dans le cœur qui ne pourra se refermer qu'en présence de Julian !

— Sheyla, ma chérie, tu as reçu une lettre ! Viens ça à l'air d'être une lettre personnelle si tu vois ce que je veux dire ! me crie Lilia au rez-de-chaussée.

— C'est bon, je suis là, donne-la-moi c'est peut-être Julian ! lui dis-je en courant dans les escaliers.

— Espérons-le !

La lettre n'est pas épaisse et lorsque je l'ouvre, je vois tout de suite que ce n'est pas l'écriture de Julian, mais celle d'un homme toutefois ! L'écriture ne ressemble vraiment pas à celle de Julian, elle n'est pas distinguée et soignée. Elle est petite et hésitante. Seules deux phrases sont écrites.

Rendez-vous à la clairière dans une demi-heure ! Si tu veux des nouvelles de Julian, viens, mais seule !

Je suis déçu de ne lire que ça et intriguée.

— Alors, ma chérie, c'est Julian ?

— Non. C'est un ami que je n'ai pas vu depuis longtemps, il veut que l'on se voie dans une demi-heure. Je peux y aller, ça ne te dérange pas ?

— Non, ne t'inquiète pas. Je dirais à monsieur Grulier que tu es partie rejoindre un ami, ça lui fera plaisir de voir que tu vas mieux. Tu sais qu'il s'inquiète pour toi !

— Je sais, mais ça va aller, ne t'en fais pas !

— Si, Sheyla, je m'inquiète, tu es comme ma fille. C'est le rôle d'une mère de s'inquiéter pour son enfant et moi, je m'inquiète, car je n'aime guère te voir dans cet état !

— Je sais, mais que veux-tu, j'ai perdu une personne que j'aimais et ce n'est pas la première fois. Je vais commencer à croire que je porte la poisse !

— Mais non, ne pense pas ça, ce n'est pas vrai et tu le sais !

— Oui, mais, Lilia, j'ai beau me le répéter je n'en suis pas pour autant convaincue !

— Je sais que c'est dur pour toi, ma chérie, mais il faut que tu t'accroches. Je suis toujours là et je serai toujours là pour toi !

Sur ces paroles-là, je me souviens de ce que m'a dit Julian : « *Je serais toujours là pour toi, Sheyla ! Quoi qu'il arrive. Tu pourras toujours compter sur moi.* » Lui aussi me l'avait promis et il est parti. Cela veut-il dire que

Lilia elle aussi va m'abandonner et ne pas tenir sa parole ? Je crois que je perds la tête, Lilia ne va pas m'abandonner, elle ne peut et ne le veux pas ! De plus, elle a promis à mes parents que s'il leur arrivait malheur, elle veillerait sur moi. Elle ne leur aurait pas menti ! Bon j'ai plus que vingt minutes pour y aller donc il vaut mieux que je me dépêche !

— Lilia, j'y vais !

— D'accord, mais préviens-moi si tu ne manges pas là d'accord ?

— Oui, ne t'en fais pas, tu seras la première avertie !

— À tout à l'heure.

Une fois à la clairière je m'interroge. Ai-je bien fait de venir ? Que me veut-il ? Qui est-ce ? Comment peut-il avoir des renseignements sur Julian ? Est-ce qu'il lui a fait du mal ? Où est-il ? Pourquoi m'a-t-il abandonnée alors qu'il avait promis le contraire ? A-t-il les réponses à toutes mes questions ? Pourquoi n'est-il pas resté s'il m'aimait ? Je suis tellement énervée et blessée que je me mets à crier dans le vide.

— Pourquoi m'as-tu abandonnée ? Pourquoi ? Tu m'avais promis de rester et tu es parti ! Tu avais promis et tu m'as trahie ! Tu m'as menti et tu m'as abandonnée...

Je tombe en larmes au sol lorsque soudain...

— Il ne t'a pas abandonnée ! dit une voix hésitante derrière moi.

Je me relève, essuie mes larmes et regarde la personne qui vient de me parler. C'est un homme dont l'écriture se justifie par son allure ! Il est discret et a l'air timide. Il n'est pas très grand, aux cheveux bruns et courts. Il n'est pas très robuste. En revanche, il possède de magnifiques yeux couleur noisette.

— Si, il m'a abandonnée ! Il m'avait promis de rester à mes côtés ! Et il est parti, loin de moi.

— N'as-tu pas pensé que c'était pour ton bien qu'il était parti ?

— Pour mon bien ! Tu rigoles j'espère ?

— Que ressens-tu exactement pour Julian ?

— Je l'aime… bien plus que je ne saurais le dire !

— Et lui ? Penses-tu qu'il t'aime ?

— Je ne sais plus quoi penser !

— Et si je te disais qu'il t'aime encore plus que toi tu peux l'aimer ! Et s'il n'avait pas d'autre choix que de partir, tu me croirais ?

— Qu'est-ce qui me dit que ce ne sont pas des mensonges ?

— Pourquoi serais-tu venue alors si ce n'est pour avoir des nouvelles de Julian ?

— Parce que j'avais l'espoir que tu m'aides à le retrouver et à comprendre pourquoi il est parti et surtout, s'il va bien !

— Je ne pourrai pas t'aider sur l'endroit où il est, mais je peux te garantir qu'il est parti pour te sauver la vie et qu'il n'est pas au plus haut de sa forme. Mais une chose est sûre, Julian t'aime et c'est toi qui lui donnes la force de tenir.

— Mais s'il m'aime, pourquoi ne revient-il pas vers moi ?

— Il ne peut pas, il est…

— Il est quoi ?

— Il est retenu contre son gré et ne peut revenir. Mais toi, tu pourrais le retrouver !

— Comment ? Et par où commencer ? Où le chercher ?

— Cherche au fond de ton cœur et tu auras la solution !

— C'est du charabia tout ça pour moi !

— Allez, fais un effort pour Julian ! Ferme les yeux ! Visualise tous les endroits où tu es allée avec Julian et tu trouveras par où commencer !

— Son studio ! dis-je sûre de moi.

Mais lorsque je rouvre les yeux, je suis seule !

N'abandonne pas, Sheyla ! Ne l'abandonne pas, car il ne t'a pas abandonnée ! Sauve-le !

Je ne sais pas d'où viennent ces paroles, c'est comme si cet homme me les murmure à l'oreille, mais je suis seule dans la clairière !

Une chose est évidente à présent, je vais reprendre mon enquête et retrouver Julian, quoi qu'il m'en coûte !

Une fois devant la propriété, je sonne et madame McFires vient m'ouvrir !

— Bonjour, madame McFires.

— Bonjour… Sheyla, c'est toi mon enfant ?

— Oui, c'est bien moi, madame McFires.

— Oh, ma chérie, je suis contente de te voir ! Dis-moi sais-tu où est Julian ?

— Je ne sais pas, il a disparu et il me faut le retrouver au plus vite !

— A-t-il des ennuis ?

— Peut-être, je n'en suis pas sûre !

— Tiens, voici le double du studio que je lui loue, je n'ai pas débarrassé ses affaires étant donné qu'il m'a payé douze mois d'avance de loyer. Donc pour le moment, c'est toujours à lui ! Je n'ai pas osé fouiller dans ses affaires, mais toi, tu es sa copine donc cela sera plus approprié. Et puis tu pourrais trouver des réponses.

— Merci, madame McFires !

— Appelle-moi Geneviève et surtout ramène-le nous, Sheyla, c'est que l'on s'y est attaché à ce petit et je m'inquiète beaucoup depuis son départ !

— Je ferai de mon mieux, je vous le promets !

Sur ce, je prends les clefs et entre dans le studio. Toujours aussi bien rangé que depuis mon premier passage. C'est un sentiment très dérangeant d'être seule sans Julian alors que c'est chez lui. C'est curieux, il n'y a aucune nourriture ici. Avait-il en projet de partir ? Ou ne mangeait-il pas chez lui ? Il me faudra le lui demander. Anormal, la corbeille à papiers est propre et vide, pourtant à côté, il y a un papier froissé ! Ce n'est pourtant pas son genre de laisser quelque chose traîner alors qu'il a bien nettoyé la corbeille et son bureau ! À moins que ce soit la dernière chose qu'il est écrite ! Dois-je le lire ? Non, cela ne se fait pas ! Mais d'un autre côté, il n'est pas là pour en juger. Bon allez, je me lance. Oh ! C'est une lettre qui parle de moi. Comme une page de journal intime. C'est si bien écrit ! Il est trop parfait ce mec ! Mais la perfection n'existe pas !

Je ne peux continuer à vivre sans lui avouer mon secret, mais comment le lui annoncer ? Je ne sais pas, dois-je le lui dire ou le lui écrire ? Que dois-je faire ? Comment dire à quelqu'un auquel on tient que l'on est un monstre ? Car il n'y a pas d'autre mot !

Ah, je savais bien qu'il n'était pas parfait, mais je ne comprends rien, je ne sais toujours pas pourquoi il se traite de monstre ! Peut-être que la suite me l'apprendra !

Si je ne peux lui dire cela, il faut au moins que je lui avoue que depuis la première fois que je l'ai vue, j'en suis dingue ! Son odeur est comme une drogue pour moi, je ne peux plus me passer d'elle ! Je l'ai si longtemps attendue, qu'à présent que je l'ai trouvée, je ne veux plus la perdre ! Elle ne peut pas savoir à quel point je tiens à elle, elle est mon oxygène, mon élixir ! Sa voix me berce et son odeur me caresse. Ses yeux brillent de mille étoiles, ses baisers m'ont transporté au paradis et ses sourires ne font que me faire oublier la douleur que j'éprouve loin d'elle ! J'ai vraiment besoin d'elle ! C'est pour cela qu'il faut que je lui avoue tout, je sais qu'elle pourra comprendre et qu'elle ne me repoussera pas ! Du moins, je l'espère. Mais d'abord, il faut que je règle ce problème avec Dailana, sinon il arrivera malheur à Sheyla, et je ne pourrai vivre si par ma faute cela arrive ! Je ferai tout pour la rendre heureuse, car je l'aime bien plus que je ne pourrai jamais l'avouer !

Donc :

1re étape : régler problème avec Dailana ;

2e étape : retourner auprès de ma Sheyla et tout lui avouer ;

3e étape : Espérons que j'en arrive déjà là !

Pour la suite, je verrai avec elle, si tout se passe pour le mieux, ce sera fait avant Noël même bien avant ! Je dirais mi-octobre, un mois devrait suffire le temps qu'elle digère tout ! Bon, on verra bien !

Eh bien pour de la révélation c'en est une ! Je ne pensais pas qu'il pouvait autant m'aimer…

Ce n'est pas tout, en fouillant du regard son bureau, je trouve une clef ! Où est le cadenas qui va avec ? Ah, c'est peut-être ça ! Oh non je n'y crois pas, c'est son journal, mais il est beaucoup plus épais que le mien ! Je ne devrais pas le lire c'est personnel, moi, je sais que si quelqu'un pique et lit le mien, je pourrais tuer et torturer tout le monde pour le retrouver ! Je ne vais pas le lire je vais juste le prendre avec moi, on ne sait jamais. La lettre aussi d'ailleurs, car toutes ces belles choses écrites, je veux en avoir un souvenir pour me dire que tout cela n'est pas qu'un rêve !

Alors, dans tous ces dossiers il n'y en a pas un qui pourrait m'aider à le retrouver ? Alors « *biologie* », ça ne m'aidera pas, « *mathématiques* » non plus, « *français* », «

sciences », « *italien* » ah et bien voilà, il m'aidera peut-être celui-là ! « *personnel* », croisons les doigts !

Alors il y a un plan et... Oh le menteur ! il disait qu'il avait juste entendu parler de tous ces meurtres, mais il les suivait à la trace comme moi, mais va savoir comment il savait les autres endroits où ils attaqueraient ! Étrange quand même qu'il sache à l'avance où devaient se passer les meurtres étant donné que les croix en rouge signalent exactement les endroits où ont été retrouvés les cadavres, mais de ces quatre derniers mois or il n'était pas là ! Donc comment l'a-t-il su ? Bon, je me pencherai sur ce sujet un peu plus tard en espérant qu'il ne soit pas avec les deux autres chasseurs, même si cela expliquait le fait qu'il connaisse Dailana, il faudra que je lui demande tout cela lorsque je le retrouverai ! Maintenant ce qu'il me reste à faire, c'est de retracer les meurtres de ces croix rouges dans l'ordre et je trouverai peut-être Julian à l'un de ces endroits ! Je vais faire une liste que je rayerai au fur et à mesure.

• 24 septembre au Cabanon ;
• 6 octobre sur le terrain de foot ;
• 18 octobre la grotte Miguel ;
• 30 octobre derrière la bibliothèque ;
• 11 novembre les jardins du lycée ;
• 23 novembre devant la grotte Laurent ;
• 5 décembre sur l'ancien chemin de la rivière ;
• 17 décembre sur le vieux chemin de Cleevhock ;
• 29 décembre près de la maison du maire ;

- 10 janvier vers la grotte de Lucius ;
- 22 janvier dans la maison abandonnée ;
- 3 février près de l'école maternelle.

Voilà, normalement, il devrait être vers l'un de ces endroits, enfin je l'espère. Bon, au vu de l'heure, je dois rentrer. Donc je prends tout, je ramène les clefs et je retourne chez moi. D'ici là, j'aurai peut-être trouvé une solution pour m'éclipser de la maison !

Après avoir tout mis dans mon sac, je sors et toque chez la propriétaire.

— Tenez, madame McFires, c'est bon, j'ai fini, donc autant vous rendre les clefs, je n'en ai plus besoin !

— Garde-les si tu veux pour revenir !

— Vous en êtes sûre ?

— Écoute, mon enfant, c'est toi qui sors avec Julian et pas moi, donc garde les clefs avec toi et s'il repasse ici avant toi, je lui dirais que tu les as !

— D'accord, merci, madame McFires.

— Geneviève, s'il te plaît !

— D'accord, merci, Geneviève !

— Au revoir ! Et tiens-moi au courant si tu as du nouveau.

— Promis, Geneviève. À bientôt.

Chapitre 7

Il ne me reste plus qu'à trouver un alibi valable pour Lilia, à moins de lui dire la vérité ? Non, elle désapprouverait, je la connais et je sais qu'elle ne voudra pas. Et si je lui disais que je passe les vacances chez l'une des filles ? Non, mauvaise idée, si elle la croise sans moi, je suis cuite ! Pourquoi c'est si dur de trouver une excuse ? Je suis devant la porte et j'hésite à entrer. Allez courage, ça viendra peut-être dans le feu de l'action ! Je finis donc par ouvrir la porte.

— Lilia, c'est moi ! lui dis-je.

Pas de réponse.

— Lilia, tu es là ?

Toujours rien.

— Lilia !

Elle dort ou quoi ?

— Lilia, où es-tu ?

Ah moins qu'elle soit sortie avec monsieur Grulier.

J'ai beau crier, elle n'est pas là ! Elle est sûrement partie. Je vais l'appeler. Cela va me laisser plus de temps pour trouver une solution. Son téléphone sonne jusqu'à ce le répondeur s'enclenche, peut-être que monsieur Grulier répondra lui ! Mais même résultat. Je rêve ou j'ai entendu la sonnerie de son portable. Je ne rêvais peut-être pas lorsque j'ai appelé Lilia, j'ai cru entendre la sonnerie de son portable aussi ! Faites qu'il ne leur soit rien arrivé ! Je rappelle Lilia, peut-être vais-je encore entendre la sonnerie du téléphone ? Ainsi je pourrai les localiser dans la maison. J'appelle donc de nouveau Lilia, la sonnerie vient du jardin. Je raccroche et sors. Ils n'ont pas dû m'entendre. Mais pourquoi ne m'ont-ils pas répondu ? J'espère ne pas les déranger s'ils ont fini par sortir ensemble, cela me gênerait plus qu'autre chose.

Arrivée dans le jardin, je vois deux corps inertes. Lilia et monsieur Grulier. Je cours d'abord voir Lilia.

— Lilia ? m'écrié-je.

Je ne trouve pas son pouls.

— Lilia, réponds-moi ! Dis-moi quelque chose. Je t'en supplie, ne m'abandonne pas ! Pas toi !

Mais elle ne bouge pas. Elle est morte. Je me précipite ensuite vers monsieur Grulier.

— Monsieur Grulier, dites-moi quelque chose !

Je chercher son rythme cardiaque, mais lui non plus, n'en a plus.

— Non ! Pourquoi vous deux ?

Je suis tout à la fois énervée, blessée, désemparée, mais aussi perdue et totalement désespérée. Tellement de sentiments me submergent que je me mets à hurler.

— Non, Lilia ! Tu es la seule qui me restait ! Je ne veux pas, reviens ! Ne meurs pas s'il te plaît ! Ne m'abandonne pas…

Elle ne répond pas, elle n'a plus de pouls, elle est morte ! Vraiment ! Je suis en pleurs, effondrée sur son cadavre. Mais pourquoi elle ? Malheureusement monsieur Grulier aussi est décédé, mais ça ne peut pas être une coïncidence !

Oh, mais qu'est-ce que… du sang, mais… oh non, ils ont osé, ils ont tous deux la gorge marquée par deux trous ! Je retrouverai ces sales vampires qui ont osé me prendre toute ma famille et je les tuerai !

Mieux vaut appeler la police pour les corps. Ce que je finis par faire.

— Commissariat de Cleevhock, bonjour !

— S'il vous plaît, venez vite ma tante et son ami viennent de se faire tuer, je suis Sheyla Fullgrine au 1324 avenue de la Renaissance, dépêchez-vous !

— Une équipe est en route, mademoiselle, ne bougez pas !

En raccrochant, je me demande où voudrait-elle que j'aille ? Est-ce que cet homme le savait lorsqu'il m'a donné rendez-vous ? Serait-elle toujours en vie si j'étais restée ? Ou serais-je morte avec eux ? Je suis dans le jardin à pleurer tout en tenant le corps de Lilia dans mes bras. Lorsque soudain j'entends toquer à la porte d'entrée, ce qui me fait sursauter. Et s'ils étaient revenus pour finir le travail avec moi ? On frappe encore et encore. Je me lève et me rapproche tout doucement de la porte, et là, j'entends :

— Police de Cleevhock, ouvrez !

— Bonjour, c'est moi qui vous ai appelés. Allez-y, les corps sont dans le jardin ! Il suffit d'aller au fond à droite, vous traversez la cuisine, j'ai laissé la porte ouverte, dis-je.

Plusieurs agents rejoignent le jardin.

— Vous êtes mademoiselle Sheyla Fullgrine ?

— Oui !

— Avez-vous touché les corps, mademoiselle ?

— Ma tante oui, mais son ami, j'ai juste touché son poignet pour voir s'il était mort aussi !

— C'est une réaction normale ! Restez ici, mademoiselle, ma collègue va rester avec vous.

— Très bien, madame l'agent !

— Lou, reste avec elle, annonce-t-elle avant de rejoindre les autres dehors.

— Venez, mademoiselle ! Asseyez-vous, je vais vous chercher à boire ! me dit l'Agent Lou.

Je suis perdue, avec la terrible impression d'être au bord d'un précipice, prête à tomber, lorsque tout à coup je me remémore les paroles de cet homme mystérieux : « *N'abandonne pas, Sheyla ! Ne l'abandonne pas, car il ne t'a pas abandonnée ! Sauve-le !* » Sur ce, je me lève, un peu trop vite, je crois, car je retombe aussitôt.

*****

Je ne me sens vraiment pas bien. J'ouvre tout doucement les paupières et vois une femme un peu floue.

Ce n'était donc pas un cauchemar, Lilia est vraiment morte sinon il n'y aurait pas cet agent de police à mon chevet !

— Mademoiselle, je suis l'agent Lou Bertignol. N'ayez crainte, vous vous êtes juste évanouie. Ce sont des choses qui arrivent fréquemment dans ce genre de situation.

— Où suis-je ? demandé-je complètement perdue.

— Chez vous, mademoiselle Fullgrine.

— Appelez-moi, Sheyla !

— Très bien, Sheyla, et comment s'appelait…

— Elle s'appelait Lilia Crechford, elle était ma deuxième mère, enfin c'est tout comme ! Après le décès de toute ma famille, elle m'a recueillie, Lilia était en réalité ma tante.

— Et comment s'appelait l'homme avec Lilia ?

— Antoine Grulier.

— Bien ! Sheyla, je vais devoir vous emmener au poste pour prendre votre déposition et ensuite, vous irez voir le docteur Guybertes.

— Est-ce nécessaire ?

— Oui, je suis désolée. C'est la procédure.

Nous nous retrouvons au poste peu de temps après où je fais ma déposition, puis comme prévu le docteur Guybertes m'examine. Il me pose diverses questions, mais je m'en sors sans trop de difficulté.

Une fois dehors, je ne sais plus où aller. Je suis perdue et la seule chose que je veux, c'est être dans les bras de

Julian, malheureusement pour ça, faut-il encore le retrouver ! Et Darryl qui n'est pas là lui non plus !

Je finis par retourner chez Lilia prendre des affaires puis me rends chez Julian ! Madame McFires ne voit pas d'inconvénient à ce que je reste chez lui quelque temps ! Elle a appris la nouvelle par une personne du voisinage, cela ne m'étonne même pas, car lorsqu'à Cleevhock il se passe quelque chose, tout le monde est au courant assez rapidement. Mais pour le moment, ce n'est pas le plus important. L'avantage au moins, c'est que je n'ai pas à tout lui raconter ! Je n'ai qu'une envie à ce moment précis, celle de me retrouver seule et de pouvoir pleurer sans donner d'explication. Ce que je fais une fois dans le studio. Je pleure toutes les larmes de mon corps jusqu'à m'endormir d'épuisement.

Chapitre 8

J'ai du mal à trouver le sommeil, mais le fait de m'allonger dans le lit de Julian avec un de ses tee-shirts sur lequel il y a encore son parfum, m'aide à dormir deux bonnes heures au moins. N'arrivant pas à me reposer davantage, je décide de me lever. Après une bonne douche, je réunis mes affaires, la lettre et le carnet de Julian puis pars dans la ville d'à côté afin de manger un morceau.

Une fois ma commande passée, je sors mon bloc-notes et fais le point.

Julian a disparu après l'incident au cimetière et « *Le cabanon* » se trouve être le premier meurtre après sa disparition, donc je vais attaquer par là. Cela se situe près de la rivière, je n'aurai pas de mal à m'y retrouver là-bas !

Arrivée au cabanon, je me demande si je dois regarder aux alentours, à moins que je ne commence par l'intérieur. Je ne sais pas. J'ai du mal à réfléchir.

Je finis par entrer, je vois que ce n'est pas très propre à l'intérieur, mais je remarque une traînée de sang poussiéreuse. Cela doit être probablement la trace que le cadavre a laissée ! Mais pourquoi l'avoir traîné ? Ils ont peut-être été surpris ! Mais comment le savoir ! Je crois avoir entendu quelqu'un dehors ! En regardant par l'une des fenêtres, je reconnais l'homme mystérieux de la clairière, ce serait bien de savoir son nom à celui-là, il faut que je lui parle ! Je vais à sa rencontre.

— Que faites-vous ici ? lui demandé-je.

— La même chose que toi ma belle !

— Ne m'appelez pas comme cela !

— Et pourquoi donc, cela n'est point une offense, bien au contraire !

— Comme vous le dites, ce n'est point une offense, mais je ne suis pas d'humeur !

— Très bien, que veux-tu ?

— Pourquoi les vampires se mettent-ils en colère aussi facilement ?

— Comment sais-tu que je suis un vampire ?

— Oh, ne me faites pas rire, vous empestez le sang à des kilomètres à la ronde !

— Fort intéressant, cela pourrait peut-être t'aider pour retrouver Julian !

— Comment ça ?

— Julian est blessé et cela ne m'étonnerait pas s'il a du sang sur lui ! Je doute que ses ravisseurs le soignent.

— Je comprends. Je verrai bien.

— Je vais quand même t'aider à le retrouver.

— Mais je croyais que vous ne saviez rien !

— Eh bien, si je t'avais dit dès le début où aller pour t'aider, tu n'aurais pas lu la lettre ni trouvé le plan et surtout, tu serais morte comme… peu importe !

— Comment savez-vous qu'elle est morte ?

— Elle ! Mais je croyais que c'était deux personnes qu'elle avait… désolé je pense à haute voix et parfois j'oublie que je ne suis pas seul !

— Comment ça elle devait tuée deux personnes ? Et c'est qui ce « *elle* » ? Comment êtes-vous au courant ? Et comment savez-vous que j'ai trouvé une lettre et un plan ?

— Cela en fait des questions ! Je ne pense pas que tu veuilles vraiment le savoir ! De toute façon, tu l'apprendras de sa propre bouche ainsi que plein d'autres choses ! J'espère juste que tu as le cœur bien accroché et que tu as l'esprit ouvert !

— Pourquoi me dire cela ?

— Tu verras, mais surtout pardonne-lui, il ne pouvait rien te dire ! Tu comprendras tout plus tard. Retrouve-le et tu comprendras !

Mes jambes me lâchent, je m'affale sur le sol. Je ne sais plus où donner de la tête, tellement de questions, trop peu de temps et aucune réponse ! Je dois me ressaisir. Mais en ai-je encore la force ? Je dois retrouver Julian. Mais ai-je le courage d'aller jusqu'au bout ? L'inconnu s'approche de moi et m'aide à me relever.

— Courage, Sheyla, tu peux le faire et tu y arriveras. Crois-moi, tu en as la force.

Il me tient par les épaules, face à moi. Il a tant d'espoir dans le regard. Je finis par me ressaisir.

— Très bien ! Où puis-je le trouver ?

— Tiens, va voir cette femme, elle t'aidera ! Si elle n'y est pas, attends un peu. C'est qu'elle est allée faire une course. Sheyla, vas-y, mais accroche-toi bien ! Et garde l'esprit ouvert.

— Merci ! Mais avant que vous partiez, comment vous appelez-vous ? Et qui êtes-vous par rapport à Julian ?

— Pardon, je m'appelle Jules, je suis le meilleur ami de Julian, mais malheureusement, je suis dans une impasse qui m'empêche de l'aider ! Dans cette situation, tu es la seule qui peut agir sans trop de problèmes. De plus, beaucoup de personnes se rallieront à ta cause.

— Comment ça, sans trop de problèmes ? Non, je ne préfère pas le savoir finalement.

Il me donne un bout de papier et disparaît alors que je lis l'adresse écrite dessus.

1357 avenue de la discorde bâtiment 1 numéro 20

Comme c'est étrange, c'est près du terrain de foot, là où la victime suivante a été retrouvée ! Coïncidence ? Mais avec mon passé, je ne crois plus aux coïncidences ! Je vais aller voir, après tout, qu'est-ce que je risque ? Rien, j'espère ! De toute façon, je sais me battre. Et il faut l'avouer qu'à l'heure d'aujourd'hui, je n'ai plus rien à perdre.

Avançant dans les rues, je cherche celle que l'on m'a indiquée. « *avenue de la discorde* ». J'y suis. Je passe devant les numéros 1351, 1353, 1355, je ne suis plus très loin. 1357, eh bien voilà ! je cherche maintenant le bâtiment 1. Puis l'appartement, le numéro 20 ! Je passe en revue toutes les portes, 2, 6, 10, 16, 18, mais il n'y a pas de 20, il a dû se tromper ! Ah c'est malin, je fais quoi moi maintenant ? À ce moment je vois une femme approcher. De petite taille, un peu enrobée. Des cheveux châtains coupés au carré. Elle approche, je vais lui demander.

— Bonjour, madame, excusez-moi de vous déranger, mais je cherche le numéro 20. Pouvez-vous m'indiquer où il se trouve s'il vous plaît ?

Étrange, elle empeste le sang ! Encore un vampire ! Mais c'est du sang humain, donc je dirais un vampire actif. Je n'espère pas chasseur…

— Ce numéro n'existe pas ! dit-elle d'un ton ferme.

— Ah bon ? Pourtant…

— Qui vous a envoyé ?

— Un ami, pourquoi ?

— Son nom !

— Jules.

— Très bien, suis-moi. Le numéro 20, c'est par là !

— Mais vous venez de dire… …

— Aucune question ! Sinon tu peux faire demi-tour !

— Je n'ai rien dit.

Je le sens mal ce coup ! Où m'a-t-il envoyée ce Jules ? Je suis la femme, et entre par la porte du fond où il n'y a aucun numéro ! Une fois la porte passée j'aperçois le numéro 20 accroché derrière. Logique que je ne le trouve pas !

— Assieds-toi, je reviens ! me dit-elle méchamment.

Le salon est magnifique, décoré avec des meubles anciens datant au moins de la renaissance. J'ai l'impression de me trouver dans la pièce d'un château.

Mais comment d'aussi beaux ameublements peuvent-ils être en si bon état ? Peut-être est-ce une restauratrice de mobilier antique! En tout cas, les moulures et les dorures sont magnifiques, de plus les tentures sont époustouflantes.

— Très bien, pourquoi voulais-tu me voir ? me demande-t-elle.

— Je voudrais retrouver Julian et Jules m'a donné votre adresse !

— Julian ! Il a une amie très dévouée ! Tu dois vraiment tenir à lui pour te mettre dans une situation pareille !

— Comment ça ?

— Disons qu'à moins d'être stupide, du devrais retourner chez tes parents !

À la prononciation de ses mots, je me raidis. Je n'ai plus de parents. Plus de famille, plus personne à part Julian. Soudain je vois une grande blonde, aux longs cheveux légèrement ondulés et à la taille fine, vraiment très distinguée, entrer dans la pièce. Je ne sais pas pourquoi, mais je me sens obligé de me lever.

— Cela suffit, Brianna ! lance-t-elle. Bonjour, Sheyla, je suis Cyrianna ! Je t'en prie, assieds-toi. Tu es bien élevée.

— Merci, mais, comment connaissez-vous mon prénom ? .

— Brianna, tu peux partir.

— Très bien, maîtresse, si tel est votre désir, je reviendrai une fois cette humaine partie !

Elle me fusille du regard comme si elle allait me dévorer !

— C'est une vampire pas très sympathique ! Il y en a beaucoup des comme elle ?

— Tu me plais beaucoup, Sheyla ! Tu n'as pas peur des vampires à ce que je vois ! Et si de mon vivant ou du moins… enfin si je peux t'aider, je le ferai. Mais aimes-tu les vampires ?

— Oui et non ! Cela dépend ! Mais comment connaissez-vous mon prénom ?

— Jules m'a prévenue de ton arrivée. Mais je n'ai pas eu le temps d'en informer Brianna. À toi de me répondre. Cela dépend de quoi ?

— Eh bien, disons que les vampires qui ont exterminé ma famille, ceux qui essaient de me tuer et ceux qui veulent me dévorer, je ne les aime pas trop !

— Je sais pour ta tante et son ami. Et j'en suis désolée. Par contre pour ce qui est de ta famille, je n'en sais pas plus que ça !

— Et pour ma tante et son ami, vous savez qui c'est ?

— Oui malheureusement !

— Qui est-ce ?

— Je ne peux pas te le dire, Sheyla !

— Donc vous protégez cette personne !

— Ce n'est pas ça, c'est juste que je ne lui veux guère de mal, mais cela ne veut pas dire que j'approuve ce qu'elle fait !

— Si vous la couvrez, c'est que vous ne valez pas mieux qu'elle !

Cela me fait me lever de colère pour partir.

— Attends ! me retient-elle.

— Qui y a-t-il ?

— Tu as du cran, je pense que tu pourras le supporter !

— Très bien, je vous écoute !

— Voilà, Dailana et moi avons toujours été amies depuis la tendre enfance. Jusqu'au jour où elle s'en est pris à une personne qu'il valait mieux ne pas déranger ! Afin de se venger, il envoya des serviteurs la tuer, elle et toute sa famille ! Elle y survécut et il préféra la garder avec lui ! N'approuvant pas cette décision, elle s'est enfuie en nous « *contaminant* » à notre tour. Nous obligeant à être des monstres toute notre vie, regardant les personnes que nous aimions mourir devant nous, les uns, après les autres !

— Je comprends, mais pourquoi Dailana a tué ma tante et son ami ?

— Pour la suite, je te conseille de te rendre ici !

Elle me tend un bout de papier. Que j'hésite quand même à prendre.

— Si tu veux retrouver Julian, fais-moi confiance !

— Laissez-moi deviner, vous êtes un vampire actif !

— Qu'est-ce qui te fait dire ça ?

— Vous me regardez comme un déjeuner potentiel, mais vous vous retenez, car vous voulez sauver Julian ! Je ne sais pas pour quelles raisons encore, mais vous pouvez compter sur moi pour le savoir !

— Très bien, alors je te laisse enquêter. Mais les vampires sur ta route ne seront guère tous comme moi !

— Dailana ne m'a pas tuée après tout lors de notre petite rencontre donc je m'en sortirai ! Merci et à bientôt peut-être !

Ne me répondant pas, je sors sans plus attendre. Est-elle sous le choc que Dailana ne m'ait pas tuée ? Je verrai cela plus tard. Alors cette adresse maintenant.

456 chemin de la peur, madame Irina

Je m'en doutais, près de la grotte Miguel. L'endroit où l'on a retrouvé la victime après le terrain de foot ! Allons-y, je n'ai pas le choix de toute façon, donc autant foncer tête baissée !

Pour me rendre à cet endroit, je dois passer par un petit terrain de marguerites. Celui-ci est caché par une grande église, laissée à l'abandon pour cause de travaux trop importants à réaliser et bien trop coûteux pour les habitants, qui ont préféré aller ailleurs pour prier. Une ancienne salle des fêtes a été arrangée pour l'occasion à l'époque. Et c'est ainsi depuis dix ans maintenant.

Arrivée sur ce terrain, je m'aperçois qu'en cette saison aucune marguerite n'est visible. C'est un paysage bien triste qui s'étend devant moi. Alors que j'avance tranquillement, je sens quelqu'un derrière moi. Ayant toujours un pieu dans ma poche, je glisse ma main contre son manche afin de le saisir. Je suis prête à le brandir s'il le faut. Je continue d'avancer lorsque je m'aperçois que cette chose approche. J'allais sortir mon arme lorsque je suis projetée à plusieurs mètres. Je me relève et il me fonce dessus. Il essaie de me frapper, mais je peux l'esquiver. Puis j'accepte de me faire frapper juste pour pouvoir l'atteindre. Il doit être novice, car il n'est pas très doué. Je réussis à sortir mon pieu et lui plante dans le cœur. Satisfaite, je le regarde partir en fumée avant de repartir vers ma destination.

Au moins je n'ai pas à chercher cette fois-ci, il n'y a qu'une seule maison ici, et quelqu'un dehors. Je vois une femme brune, cheveux très courts. Elle est habillée de façon très moderne, elle doit faire ma taille, je pense. Je finis par m'approcher.

— Bonjour, madame Irina ?

— Oui, c'est bien moi pourquoi ? Qui êtes-vous ? Je ne vous connais pas !

— Je sais, je m'appelle Sheyla. C'est Cyrianna qui m'envoie.

— Oh ! Entrez. Elle m'a prévenue de votre arrivée. On a des choses à se dire.

Je la suis à l'intérieur, à première vue on dirait la maison d'un humain, mais à en juger par l'odeur de sang, aucun doute, ce sont bien des vampires qui vivent ici et plusieurs même ! Et pas n'importe lesquels, des vampires passifs. Je reconnais mieux l'odeur du sang animal ! Surtout depuis que sans le vouloir je l'ai goûté pour faire croire à Dailana que j'étais une des leurs !

— Très bien, nous pouvons discuter à présent ! Asseyez-vous, je vous en prie.

— Merci très aimable.

— Vous êtes là pour retrouver Julian. C'est ça ? me demande-t-elle.

— Oui, mais comment...?

— Je vous l'ai dit, Cyrianna m'a appelée. Le pauvre il n'a pas eu de chance !

— Comment ça ?

— Dailana et lui étaient fiancés. Tout été parfait, ils étaient heureux jusqu'au jour où Dailana est devenue ce qu'elle est à cause de Drenane ! Elle le déteste à un point !

— Qui Drenane ou Julian ?

— Non, Drenane ! Cyrianna a dû vous raconter que Dailana est allée chercher des problèmes à la personne qui ne fallait pas ! Cette personne était Fernand, The Big Fernand, comme il aime se faire appeler.

— Je n'y comprends plus rien !

— Drenane avait envoyé ses serviteurs tuer Dailana et sa famille, comme le lui avait ordonné Fernand.

— Oui, mais…

— Dailana ayant survécu, cela a attisé la convoitise de Fernand, du coup, il la voulait pour femme !

— Oh !

— Oui je sais, mais elle ne voulant que Julian, elle s'était enfuie et est devenue horriblement méchante. Elle tuait toutes personnes lui bloquant le passage et transformant les autres !

— Et pour Julian que s'est-il passé ?

— Cela je ne le sais pas, mais tenez, allez voir monsieur Hyérich, il vous dira tout le reste ! C'est un des anciens serviteurs de Drenane !

— Mais il doit être chasseur ?

— Non, il s'est converti en simple actif et presque passif, il vous expliquera tout lui-même.

— Très bien merci.

Étrange, sur le bout de papier, il y a inscrit une adresse, mais pas celle à laquelle je m'attendais !

Vieux chemin de Cleevhock, numéro 18

Là, on saute quatre endroits quand même, mais bon ! Tout au long du trajet, je sens que quelqu'un me suit, mais je n'aperçois personne.

Arrivée sur place, je vois une chose qui me fait rire. Oh ! Une sonnette, cette fois-ci j'aurais tout vu !

— Qui est-ce ? me demande une voix menaçante.

— Madame Irina m'envoie vous parler ! annoncé-je.

Un homme d'environ ma taille, avec les cheveux longs et blonds attachés soigneusement en queue-de-cheval, m'ouvre la porte en grand. Il a des yeux verts et n'est pas très musclé.

— Si vous êtes envoyé par Irina, vous pouvez entrer !

Il se décale afin de me laisser passer. Contrairement aux autres, cet endroit est sombre, sans décoration, rien à part un bureau et des chaises !

— Asseyez-vous ! me dit-il.

— Merci.

— Donc Irina vous envoie ?

— Oui, êtes-vous monsieur Hyérich ?

— Oui, je suis seul ici donc cela ne peut être que moi !

— D'accord.

— Désolé pour ma brutalité ! Je n'ai que rarement affaire à des humains.

— Ce n'est pas grave, je commence à en prendre l'habitude !

— Vous voulez certainement des renseignements sur Julian. Vous faites beaucoup de bruits chez les vampires, mademoiselle. On entend beaucoup parler de l'humaine qui cherche Julian.

— Oui, c'est bien moi, pouvez-vous m'aider ?

— Eh bien ce que je peux d'ores et déjà vous dire, c'est que Julian joue à un jeu dangereux, et vous, vous courrez à votre perte dans cette aventure !

— Peu m'importe, je n'ai plus rien à perdre. Il ne me reste que Julian.

— Je présume que jusqu'ici vous êtes tombée sur des vampires passifs ou actifs inoffensifs !

— Oui et alors ?

— Sachez que la prochaine étape du puzzle est un vampire actif, mais pas très agréable avec le genre humain, si vous voyez de quoi je veux parler !

— Dans quel sens est-il désagréable ?

— Tous les humains ayant croisaient son chemin ces quinze dernières années ont brusquement disparu !

— Disparu ?

— Oui, même les corps n'ont jamais été retrouvés ! À ce qu'on dit dans notre monde, il les garde en vie afin de s'abreuver de leur sang dès qu'il en a besoin !

— C'est donc un chasseur ?

— Bien renseigné pour une humaine ! Mais à vrai dire c'est un ancien actif.

— Mais les actifs ne torturent pas leurs victimes !

— Je sais, mais certains actifs deviennent des chasseurs, petit à petit, pour les plus atteints, quelques heures suffisent. Pour les autres cela varie de quelques jours, voire des mois. Mais cela peut être aussi plus long en prenant des mois ou encore des années !

— Après il y a ceux, comme vous, qui de chasseurs passent à actifs presque passifs.

— Oui, mais cela demande du dégoût envers notre… race, ou une attirance envers un ou une humaine. Et pour certains, le deuil les transforme.

— Oh, et comment peut-on reconnaître un passif ?

— On ne peut pas, c'est pour cela qu'ils sont passifs. Ils se fondent dans la masse d'humains qu'ils ont choisis. Sauf les « familles » comme celle d'Irina ou l'odeur du sang animal est trop forte et donc trop facile a détecté. Lorsqu'un actif devient passif, il fait un test avec un humain !

— Un test ?

— Oui pour voir s'il peut résister à l'appel du sang humain, qui est normalement plus fort que tout !

— Et s'il ne peut pas ?

— Dans ce cas, soit il s'enfuit, soit…

— La victime est dévorée, dis-je choquée.

— Malheureusement… oui.

— Et vous ? lui demandé-je.

— Après avoir servi Drenane durant plusieurs siècles, j'en ai eu assez de toutes ces victimes qu'il choisissait au hasard, ou juste parce que celle-ci lui résistait ! Jusqu'au jour où il est tombé amoureux.

— De Dailana…

— C'est exact. Mais la malheureuse ne désirait personne d'autre que son bien-aimé ! Hélas pour elle, après qu'il l'a transformée, Julian n'en a plus voulu. Elle était un monstre comme la plupart d'entre nous. Heureusement certains tiennent le coup et restent presque humains, donc on essaie de regagner notre honneur ! Mais il se peut que sur notre route, nous rencontrions un petit imprévu qui nous aide.

— De quel genre ?

— Une âme sœur !

— Mais attendez, je croyais que c'était Fernand qui désirait Dailana ?

— Oui et non, Fernand l'a désirée certes, mais après avoir été transformée, elle l'a tellement repoussé qu'il a demandé à Drenane de l'achever, mais ce dernier n'a pu s'y résoudre, car lui-même était tombé amoureux d'elle.

— Je comprends mieux. Donc les vampires peuvent vraiment tomber amoureux ?

— Oui, cela nous arrive lorsque nous sommes passifs ! Ou les rares fois que je l'ai vue chez un actif c'est lorsqu'au fond de lui, il était prêt à devenir passif pour une personne humaine !

— Est-ce cela qui vous a transformé ?

— Oui et non !

— Comment ça ?

— Eh bien vois-tu, quand un vampire résiste à l'appel du sang lors d'un test, la victime peut être amenée à tomber amoureuse de ce vampire ! Sauf s'ils sont âme sœur, cela se fait naturellement.

— Ça devient compliqué !

— Oui je sais.

— Et si un vampire et une humaine tombent amoureux, ce couple peut-il exister ?

— Oui, mais certaines lois l'interdisent !

— Pourquoi ?

— Car un vampire sera mis à mort s'il ne transforme pas sa ou son bien-aimé(e) !

— Et dans le cas contraire ?

— Eh bien, cela arrive que tous deux vivent heureux comme avant ou parfois cela transforme complètement le nouveau transformé, en effaçant toute trace d'amour et d'humanité en lui !

— Mais c'est horrible !

— Cette loi n'est pas transgressive !

— Et que s'est-il passé pour vous ?

— Pourquoi me posez-vous toutes ces questions ? Je pensais que vous cherchiez le moyen de retrouver Julian…

— Oui, mais vous n'avez pas répondu à ma question.

— Vous non plus !

— Moi, par simple curiosité !

— À d'autres, vous êtes tombée amoureuse d'un vampire ?

— Quel vampire ? Jules ? Même pas en rêve, le seul que j'aime, c'est Julian et je veux le retrouver !

— Oh, vous ne…. Moi, j'ai été puni pour avoir aimé une humaine, Gilianne ! Mais Drenane l'a tuée un jour où j'étais en chasse, il ne voulait pas perdre un serviteur donc il a assassiné ma bien-aimée !

— Je suis vraiment désolée.

— Ce n'est pas votre faute, vous n'y êtes pour rien.

— Julian est plus vieux que moi n'est-ce pas ?

— Pourquoi me demandes-tu cela ?

— Il fait plus vieux que moi physiquement.

— Certes, il a l'allure d'un jeune homme de vingt-cinq ans !

— Il a donc vingt-cinq ans ! Je savais qu'il était plus vieux ! réponds-je satisfaite de connaître un de ses secrets.

— Effectivement, il est plus vieux que toi.

— Puis-je vous poser une autre question ?

— Laquelle ?

— Si ce que vous m'avez tous dit est vrai, pourquoi j'ai vu Dailana traîner avec Drenane l'autre jour ?

— Dailana et Drenane ! Mais cela ne se peut !

— Je les ai pourtant vus et leur ai parlé !

— Et vous êtes en vie ! me dit-il perplexe.

— Oui, il y avait un animal fraîchement tué donc je leur ai fait croire que c'était mon œuvre, ils m'ont pris pour l'un des leurs.

— Mais comment ont-ils pu croire que vous... un vampire passif ? Laissez-moi rire !

— Eh bien, un animal mort était à mes côtés, j'ai dû boire un peu de sang pour leur faire vraiment croire !

— Et vous n'avez pas vomi après ?

— Non, pas vraiment !

— Et n'êtes pas non plus tombée malade ?

— Non plus.

— Étrange, très étrange !

— Pourquoi cela ?

— Le sang, quel qu'il soit, fait vomir n'importe quel humain tentant d'y goûter ! Vous ne seriez pas vampire par tout hasard ?

— Non, pas que je sache ! Mais une autre question.

— Laquelle ?

— Après que Dailana a été transformée, Julian ne voulait plus d'elle, mais que s'est-il passé ?

— Eh bien après sa transformation, Dailana était devenue une chasseuse sanguinaire, Julian en était écœuré. Il l'a donc quittée et est parti le plus loin possible d'elle.

— Je pense que c'est elle qui le retient prisonnier.

— Pas si bête pour une humaine !

— Une femme amoureuse, même vampire, ne renonce pas si facilement à l'homme qu'elle aime.

— Allez voir cette personne, elle vous guidera, moi, je vous ai dit tout ce que je savais.

— Très bien merci pour tout.

— Ne me remerciez pas. Vous devez vous accrocher pour la suite.

Sur le papier qu'il m'a donné, une nouvelle adresse est inscrite :

324 route de l'ancien pont

— Sheyla, au cas où !

— Oui ?

— Non laissez tomber, c'est bien trop dangereux.

— Quoi donc ?

— Un autre vampire pourra vous renseigner, mais….

— Qui y a-t-il ?

— Promettez-moi de n'y aller qu'en dernier recours !

— D'accord.

Il me tend une autre feuille sur laquelle il vient de gribouiller quelque chose. En prenant le bout de papier, je prends connaissance d'une autre destination :

58 rue des moribonds

Je pars de chez Hyérich un peu inquiète, mais je n'abandonnerai pas aussi facilement.

Je commence à réunir tous les indices et les choses s'éclaircissent un peu. J'espère en apprendre plus avec mes prochaines visites.

Je plains un peu Dailana, elle a perdu son humanité et l'homme qu'elle aimait juste à cause d'un vampire tyrannique et d'un autre, possessif. Bon après elle n'avait qu'à pas chercher les ennuis aussi. Mais qu'a-t-elle fait au fait à ce Fernand ? Je dois le découvrir.

Soudain je vois l'heure. Il se fait vraiment tard, je mange un morceau dans un petit restaurant et prends une chambre juste à côté.

Toute la soirée je fais le point sur tout ce que j'ai découvert et fais le point sur mon petit carnet. Toute cette histoire est étrange, beaucoup de choses me paraissaient bizarres, mais que puis-je y faire ?

Je pense malgré moi à Darryl, prenant mon téléphone je suis tentée de lui envoyer un message, mais que pourrais-je bien lui écrire ? Je me couche finalement sans le contacter.

Le lendemain matin après un bon petit-déjeuner, je reprends la route jusqu'à arriver à la première adresse que m'a donnée Hyérich.

Chapitre 9

Je ne peux pas le croire, il existe donc vraiment ! D'après mes parents, sur cette route il y aurait une « grotte » nommée Lucius, comme son hôte, dans laquelle il vivrait encore. Ce n'est pas vraiment une grotte, mais une maison dissimulée entre deux énormes rochers et tellement recouverte de mousse que cela ressemble à une grotte de l'extérieur. Lucius est l'un des vampires des plus dangereux, Hyérich voulait-il ma mort ? Quelque chose me dit que je ne vais pas tarder à le découvrir.

Arrivée devant cette route, j'hésite quand même un peu à avancer, mais la vision de Lilia retrouvée morte avec monsieur Grulier me hante et me décide. Soudain, je suis comme téléportée, j'ai un peu la tête qui tourne et je suis attachée à une chaise.

— Mais qu'est-ce que... où suis-je ? demandé-je en tirant sur mes cordes.

— Chez moi ! me répond un homme sur un ton menaçant.

— Mais comment ?

— Je suis très rapide ! ajoute-t-il.

— C'est si... étrange !

Mais d'où vient cette voix ? Je vois un homme grand apparaître. Il a des cheveux noirs et courts, les yeux d'un bleu si intense que je m'y perds quelques secondes. Puis reprenant mes esprits, je le détaille davantage : ses vêtements sont très distingués, et il paraît très musclé. Pour un vampire sanguinaire, il est vraiment très attirant. Je commence même à ressentir des picotements au bas du ventre. Mais au vu de la façon qu'il me regarde, je ne dois pas non plus le laisser indifférent.

— Pourquoi dis-tu cela ? Parce qu'il y a un toit ainsi qu'une cheminée, des meubles, un tapis au sol, des bougies et que cela ressemble à une maison de l'intérieur ?

— Non, c'est très beau, mais…

— Mais rien, j'ai de bons goûts, c'est tout. Qu'es-tu venue faire ici ?

— Encore un vampire susceptible ! dis-je tout bas.

— Je t'ai entendue, humaine !

— Je cherche Julian.

— Julian… c'est donc toi, la petite humaine qui cherche ce traite ! Eh bien, je pensais que cela n'était qu'une rumeur !

— Moi je croyais que vous n'étiez qu'un mythe ! Au moins, on est quitte !

— Ha, ha, ha, très drôle ! Tu pensais me faire rire, pauvre petite idiote ?

— Non, juste faire la conversation.

— Je ne discute de rien avec une sale humaine ! Donne-moi une seule raison de te laisser en vie !

— Comme si vous me faisiez peur !

Bizarrement, je n'éprouve aucune crainte.

— Ce que tu peux être insolente !

— Oui je sais, c'est dans ma nature, surtout lorsque je suis énervée et que je dors mal depuis plusieurs jours ! J'avoue, je ne dirais pas non à un verre.

— Oh, tu as soif ! Alors, tiens, bois.

Il me tend un verre de sang humain.

— Non, merci je n'ai plus soif !

— Bois, je te dis, ou je t'arracherai la bouche afin que tu m'obéisses !

— Hou, cela doit être vachement douloureux !

— Ne fais pas ta maligne, je te promets que si je ne te tue pas maintenant, je m'en ferai une joie dans une heure ou deux !

— Je ne suis pas très appétissante, mais bon, à vous de voir !

— Si je ne te tue pas tout de suite, je te viderai de ton sang et le mettrai au frais pour plus tard.

— Bonne idée, mais en attendant que vous me tuiez, pourquoi ne pas me dire ce que je veux savoir sur Julian ?

— Pourquoi pas, de toute façon tu ne ressortiras pas d'ici vivante !

— C'est vrai, donc je vous écoute avec attention !

C'est vraiment bizarre, je n'ai pas du tout peur de lui et je me sens même en sécurité. Quel sentiment étrange en compagnie d'un vampire aussi dangereux ! De plus il provoque en moi un sentiment nouveau que je ne me connaissais pas ainsi qu'un désir différent de celui que je ressentais pour Darryl. Décidément, ce vampire m'intrigue au plus haut point.

— Tu vas me haïr, petite humaine, car c'est moi qui ai dénoncé ton Julian !

— Et pourquoi ça ?

— Il a brisé Dailana ! Vois-tu, j'ai toujours voulu être avec elle, mais elle a toujours préféré Julian ! Ensuite Drenane l'a voulue ! Moi j'ai toujours été là pour elle, quand elle pleurait, rigolait ou autre ! Et ce Drenane me l'a volée seulement pour avoir son don de vampire !

— Oh, je comprends mieux maintenant pourquoi il la suit comme un petit toutou partout ! Il doit tellement convoiter ce qu'il ne peut avoir, du coup, il empêche quiconque de s'en accaparer !

— Mais de quoi parles-tu ?

— L'autre jour, j'ai croisé Drenane et Dailana, ils chassaient ensemble !

— Mais c'est impossible ! Pourquoi serait-il revenu… oh non, le rituel !

— Quel rituel ?

— Il va la sacrifier lorsqu'elle-même aura obtenu justice !

— Pourtant ils semblent en bons termes !

— En es-tu sûre ?

— Oui ! Pourquoi ?

— Tu mens ! Elle n'aurait jamais osé !

— Mais oser quoi ?

— Si ce que tu dis est vrai, cela signifie que Dailana a conclu un pacte avec Drenane !

— Lequel ?

— Celui de lui offrir ses pouvoirs si lui en retour l'aide à se venger ! Ce n'était donc pas une rumeur…

— Mais il l'aurait tuée depuis longtemps si c'était le cas ! lancé-je.

— Non, car il faut qu'un vampire soit complètement décidé pour que ses pouvoirs soient transmis à un autre vampire !

— Je comprends mieux, mais pour quelle vengeance ferait-elle cela ?

— Je dirais que Julian ne voulant plus d'elle, elle tuerait quiconque pouvant rendre heureux Julian puis elle le tuera, ainsi, elle sera enfin vengée !

— Mais pourquoi ? demandé-je un peu perdue.

— Parce qu'elle veut qu'il soit aussi malheureux qu'elle le jour où elle l'a perdu !

— Et qui doit-elle tuer ?

— La seule personne que Julian aime vraiment !

— Oh, non !

— Quoi ?

— Hyérich avait raison ! Mais comment le savait-il ?

— Tu connais Hyérich, toi ?

— Bien sûr, vu que c'est lui qui m'envoie !

— Mais pourquoi ne l'as-tu pas dit avant ?

— Pourquoi je l'aurais dit ?

— Hyérich est un grand ami !

— Oh ! Donc dans ce cas, tu peux me détacher, non ?

— Peut-être, mais avant, dis-moi ce que t'a dit Hyérich ?

— Que je courais à ma perte dans cette aventure !

— Mais pourquoi t'aurait-il dit cela ?

— Peut-être parce que j'aime Julian !

— Et lui t'aime-t-il vraiment ?

— À ce que j'ai compris, oui.

— Comment ça, à ce que tu as compris ?

— Dans ma poche, la lettre.

Il glisse ses mains dans celles ma veste, mais rien. Puis il cherche dans celles de mon pantalon, et toujours rien. Le fait qu'il soit si proche provoque en moi plusieurs questions comme le fait de savoir à quoi cela ressemblerait si on couchait ensemble.

— Il n'y a rien dans tes poches ! Peut-être en as-tu d'autres ?

Il met ses mains dans les poches arrière de mon pantalon avec un grand sourire. Quand il me touche les fesses, je ne désire qu'une chose qu'il me prenne là, maintenant, tout de suite. Puis je repense à Julian, mais aurais-je perdu l'esprit ?

— Tu pourrais arrêter de me tripoter.

— Je cherche la lettre !

— Enlève tes mains ! Sale pervers !

Il les ôte puis recule, il se positionne ensuite derrière moi. Il se rapproche et me susurre à l'oreille.

— Tu es sûre qu'il y a une lettre ? Ou avais-tu juste envie de te faire tripoter par un vampire ? Si ce n'était que cela, tu n'avais qu'à demander !

— Ah ah ! Très drôle, même si ta proposition peut être intéressante, car je suis de nature curieuse, je sais qu'il y a une lettre !

Je cherche où j'ai bien pu la ranger.

— Poche intérieure gauche de ma veste ! affirmé-je dès que ça me revient.

Il glisse sa main dans la poche intérieure gauche de ma veste et en sort la lettre de Julian. Il est étonné par ce qu'il lit.

— En fin de compte, je vais avoir besoin de toi. Donc mieux vaut te garder en vie pour le moment !

— Pourquoi cela ?

— Car la personne que Dailana cherche et veut tuer…

Je sais que c'est moi, il est parti, pour me protéger d'elle. Mais il ne doit pas être au courant pour le pacte.

— C'est toi, ma beauté ! me lance-t-il avec un sourire.

— Bien sûr que c'est pour ma poire ! En même temps, je m'en doutais un peu. Pourquoi faut-il que ça tombe toujours sur moi ! finis-je pour moi-même.

— Je ne pense pas que cela t'arrive tous les jours quand même.

— Je parle de la malchance.

— Je n'y comprends rien ! Les humains ont une drôle façon de communiquer !

— Je veux parler de la mort de ma famille ainsi que celle de ma tante.

— Ne me dis pas que c'est... non ! Là, ce serait une trop grosse coïncidence !

— Mais quelle coïncidence ?

Il commence à me rendre folle celui-là ! pensé-je.

— Je n'en suis pas trop sûr, donc je ne peux te le dire, mais tu le sauras bien assez tôt ! Désolé, mais j'ai l'impression que tes soucis ne s'arrêteront pas de sitôt ! J'en aurais presque de la peine pour toi, ma beauté, tu commences à être vraiment intéressante.

En me disant cela, il se rapproche de moi et me fixe.

— Oh, je commence à en prendre l'habitude maintenant !

— Tu n'imagines même pas ce que Dailana te fera lorsqu'elle te retrouvera ! me lance-t-il en me tenant par le menton.

À ce moment-là, mon envie de l'embrasser reprend, mais je chasse cette idée aussitôt.

— Je ne veux pas le savoir, mais je le saurais bien assez tôt, j'imagine ! lui dis-je en tournant la tête, ce qui le fait reculer.

— C'est exact, comment le sais-tu ?

— Car tout le monde me dit la même chose ! Que je saurai tout plus tard ! Mais qui me le dira ?

— Julian, peut-être, avant de mourir, si tu as de la chance ! Ou Dailana avant qu'elle ne te tue !

— Je suis mal barrée ! Je ne suis pas prête à les avoir mes réponses ! Surtout si je reste attachée à cette chaise.

— Désolé, mais je ne peux pas te détacher, tu risques de t'enfuir et je ne peux pas le permettre !

— Oh, maintenant vous me gardez pour me protéger, et puis quoi encore ! Vous pensez vraiment que je vais vous croire ?

— Eh bien, as-tu vraiment le choix étant donné que tu es attachée à cette chaise !

— Un point pour grincheux, mais je trouverai bien un moyen !

— Bon, arrêtons les plaisanteries ! Si on veut garder Dailana en vie, il faut que toi-même tu restes en vie ! Ne me reste plus qu'à trouver comment je vais m'y prendre pour annuler le pacte, si pacte il y a bien évidemment.

— Oh minute papillon ! Je ne me soucie pas vraiment du sort de Dailana, moi !

— Vraiment ? Mais si Dailana meurt, je vous tuerai toi et ton Julian adoré !

— Et bien il suffit de tuer Drenane afin de libérer Dailana de son pacte et ainsi sauver Julian !

— Et comment tu vas t'y prendre, Mademoiselle-je-sais-tout ?

— D'abord résumons, Dailana et Julian étaient fiancés, jusqu'à ce que Dailana s'en prenne à Fernand qui donne l'ordre à Drenane de tuer Dailana et toute sa famille, mais la voyant revenir vivante escortée de ses serviteurs, il l'a désirée pour femme donc il l'a transformée ! Ne voulant pas de lui, il demanda à Drenane de la tuer, mais ce dernier étant tombé amoureux d'elle, il ne put s'y résoudre. Elle décida de s'enfuir, puis elle tua quiconque lui barra la route et transforma les autres ! La seule chose qu'elle voulait, c'était récupérer Julian qu'elle avait perdu après sa transformation, mais étant devenue une chasseuse sanguinaire, Julian l'a repoussée, sur ce, elle décida de tuer toutes femmes l'empêchant de récupérer Julian même si celui-ci ne la voulait plus ! Du coup, elle a conclu un pacte avec Drenane afin qu'il l'aide à la venger en échange de ses pouvoirs ! Je continue ?

— Je t'écoute ! me dit-il.

— Je sais aussi que Cyrianna et Brianna sont des actifs, Irina passif, Hyérich actif, mais bientôt passif depuis qu'il a perdu Gilianne, sa bien-aimée, tuée par Drenane parce qu'il ne l'a pas transformée, que Jules est passif et que vous êtes chasseur, que Dailana doit me tuer afin de conclure le pacte et pour être vengée, mais pour cela, Julian doit voir la scène… Et surtout, je sais comment annuler le pacte ! Ai-je oublié quelque chose ?

— Je dois l'avouer tu m'impressionnes, petite humaine. Mais dis-moi comment sais-tu que Julian doit te voir mourir afin que le pacte soit respecté ?

— Disons que je m'y connais en pacte vampirique ! J'ai étudié les vampires toute ma vie.

— Mais tu as oublié Drenane et The Big Fernand !

— Oh, il suffit de tuer Drenane, mais pour l'autre, je ne sais pas qui c'est exactement !

— En gros, c'est seulement le maître des vampires !
C'est le plus puissant !

— Ah ! dis-je légèrement effrayée.

— Je sais, ça refroidit, beauté !

— Assez ! Mais comment…

— C'est le premier vampire apparu sur Terre, enfin
c'est pour lui qu'il se fait passer, mais un vampire tient ce
rôle, elle s'appelle Gabriella, elle demeure aujourd'hui
encore le tout premier vampire sur terre !

— C'est donc elle qui a été mordue par une chauve-
souris mutante ?

— Oui, mais comment le sais-tu ?

— Et donc selon la légende, Fernand serait alors le
comte Lorgio ?

— Oui, mais comment…

— Est-ce vrai que Gabriella a transformé Fernand ? lui
demandé-je.

— Oui ! Elle en était amoureuse, donc elle l'a
transformé, mais il s'est passé la pire chose pour un
vampire.

— Il ne l'a plus autant aimé une fois vampire ! ajouté-
je.

— Oui, c'est bien ça ! Tu sais, si tu connais l'histoire je
ne te dis plus rien ! me dit-il agacé.

— Non continue, désolée.

— Du coup, elle s'est tournée vers un autre homme, un
humain avec qui elle se maria et eut un enfant humain !

— Comment un vampire peut donner naissance ? Car c'est impossible normalement, osé-je lui demander.

— Elle a étudié la sorcellerie durant des siècles, afin de trouver la solution et d'y parvenir.

— Mais son humain elle l'a transformé ?

— Non, car elle avait trop peur qu'il devienne comme Fernand et le perdre lui aussi. Sauf que lorsque Fernand apprit cela il tua l'homme ! Et elle confia l'enfant à une amie. D'après la légende le septième descendant de cet enfant, une fois transformé, serait le plus fort d'entre nous et pourra ainsi faire régner l'ordre parmi les vampires ! De plus, toujours selon la légende, son sang serait mortel aux vampires.

Et si c'était Julian ? C'est peut-être pour cela que Dailana l'aurait enlevé ! Il faut que je me dépêche de le retrouver avant qu'elle ne le tue.

— Et sait-on qui cela peut-il être ? Existe-t-il au moins ce descendant ? lui demandé-je.

— Seul son sang peut le révéler !

— C'est-à-dire ?

— Eh bien étant donné que son sang tue n'importe quel vampire, c'est ainsi que l'on peut le découvrir. Mais comme personne ne peut le boire personne sauf une, le retrouver est un peu compliqué !

— Une seule personne, laisse-moi deviner, son âme sœur ! Comme c'est charmant.

— Tu m'énerves à tout savoir, petite humaine.

— Je ne sais pas tout, mais c'est toujours la même histoire avec vous ! Donc, c'est juste de la logique.

— Bon, tu ne m'as toujours pas expliqué comment rompre le pacte !

— Détache-moi et je le dirai !

Il se met face à moi, très proche. Trop proche même.

— Pourquoi te croirais-je ?

— Pourquoi serais-tu là à attendre comme un idiot si tu n'en étais pas sûr ?

— Et qu'est-ce qui me garantit que tu resteras une fois détachée ?

— Je ne sais pas, à toi de me le dire !

— Eh bien, car si tu sors, je te traquerai moi-même et me ferai un plaisir de te tuer.

— Bien ! La question est réglée. Alors, détache-moi !

— C'est pourtant excitant de te voir attachée à cette chaise rien que pour moi ! me lance-t-il sur un ton provocateur tout en me déshabillant du regard.

— Je te fais de l'effet à ce point ? C'est la deuxième fois que tu fais des allusions sexuelles, lui réponds-je sur le même ton.

Il se rapproche encore plus de moi, me fixe, je crois à cet instant qu'il va m'embrasser et je pense l'avoir désiré tout autant que lui. Il n'est plus qu'à quelques centimètres. Je peux sentir la fraîcheur de sa peau, mon pouls s'accélère. Un désir grimpe en moi d'une façon nouvelle.

— On verra cela plus tard, ma beauté.

Je le vois hésiter quelques secondes, mais il finit par me détacher.

Je me lève et suis face à lui, il me saisit les poignets et me colle à lui.

— J'ai tenu ma promesse, à toi d'en faire autant ! ajoute-t-il avec crainte.

— Eh bien étant donné que l'on n'a pas le temps de tester le sang de tous les mortels afin de chercher le descendant de Gabriella, le seul moyen de rompre le pacte, est que l'une des personnes concernées fasse une chose désintéressée par rapport au pacte !

— Comment cela ?

— Eh bien, soit Drenane renonce aux pouvoirs de Dailana, soit Dailana me protège.

— On n'obtiendra rien de Drenane et on va avoir du mal pour que Dailana te sauve ou te protège !

— Sinon, il faudrait que Dailana se retourne contre Drenane et le tue !

— Si seulement nous avions l'élu, tout cela serait réglé ! me lance-t-il en me lâchant comme s'il pensait tout haut.

— L'élu ? Qui est-ce ?

— C'est ainsi que nous les vampires nous l'appelons, et on espère qu'un jour on le retrouvera !

— Bon t'es bien mignon, mais j'aimerais vraiment retrouver Julian et tu ne m'aides pas là ! lui dis-je légèrement agacée.

— Très bien et comment veux-tu procéder ?

— Il faut demander de l'aide, on n'y arrivera pas tout seuls.

— Comment « *on* » ? me dit-il d'un air désintéressé.

— Écoute, Lucius, tu veux sauver Dailana et moi, Julian. Donc tu vas m'aider !

— Très bien, comment veux-tu t'y prendre ? finit-il par me dire plus sérieusement.

— Il n'y a pas quelques vampires qui te doivent une chandelle ?

— Il y a bien Marcus et Dyronne, mais je ne vois pas qui serait assez fou pour nous aider !

— Moi, j'en vois quelques-uns !

— Qui donc ?

— Eh bien, il y a Cyrianna qui malgré sa colère envers Dailana restera à jamais son amie et je pense qu'elle serait d'accord pour l'aider !

— Très bien, et qui d'autre ?

— Il y aurait Hyérich qui voudra certainement se venger de Drenane !

— Oui et ?

— Je pense que peut-être Irina pourrait se joindre à nous ! Et si nous avons la chance de notre côté, Brianna pourrait nous rejoindre vu toute la colère qu'elle contient en elle !

— Donc cela nous ferait six personnes... Mais une question pose problème, comment va-t-on s'y prendre ?

— Pour faire quoi ?

— Pour les convaincre de nous venir en aide afin de se débarrasser de Drenane et sauver nos bien-aimés ?

— D'accord, j'avoue que malgré leur côté passif ou actif, ils restent des vampires !

— Et si je te tuais moi, le pacte sera rompu vu que tu serais morte ? me dit-il en m'attrapant par la gorge et me plaquant contre le mur.

— Oui, comme ça Dailana se donnera à Drenane et mourra plus vite. Très bon plan ! Tu en as d'autres des comme ça ?

— Oh ça va, Mademoiselle-je-sais-tout, tu ne te trompes jamais toi ? Bref, ça va être un vrai problème tout ça ! ajoute-t-il en me lâchant.

— Comment va-t-on faire pour sauver Julian et Dailana, et surtout, rester en vie nous-mêmes ?

— Très bonne question.

Les heures s'écoulent et je commence à désespérer. Soudain, je repense à la deuxième adresse que Hyérich m'a donnée. Je regarde Lucius et je sors prendre l'air.

— Tu vas où ? me demande-t-il.

— Je vais m'aérer cinq minutes.

Arrivée dehors, je sens que quelqu'un m'observe encore. J'ai ce sentiment depuis que j'ai quitté la maison. Mais alors que je vois un buisson bouger, Lucius arrive.

— Sheyla, je… on va trouver une solution pour sauver Julian.

— Écoute, je vais devoir m'absenter. Et tu vas devoir me faire confiance. J'en ai pour une demi-journée et je reviens après.

— Où vas-tu ?

— Si je ne suis pas là avant midi, tu demanderas à Hyérich où il m'a envoyée à part vers toi !

— Comment ça ?

— Fais ce que je te dis, Lucius !

— Non, mais j'aurais tout vu avec toi. Tu vas me rendre complètement fou. Et pourquoi tu ne reviendrais pas ?

— Je ne lis pas l'avenir. Un imprévu peut arriver.

— Non ! Tu restes ici ! m'ordonne-t-il.

— Tes ordres, tu peux te les garder. Je pars demain matin. Un point c'est tout.

— Oh et puis fais ce que bon te semble. De toute façon, tu n'en fais qu'à ta tête.

— Tu t'inquiètes que je ne revienne pas ? lui dis-je en le taquinant.

— Laisse-moi tranquille. Et rentre maintenant, il commence à faire nuit.

— Mais c'est qu'il s'inquiète pour moi le petit vampire ! dis-je sur un ton amusé.

Je le suis en riant à l'intérieur.

— Dans tes rêves, oui ! me lance-t-il.

En rentrant, je m'assois sur le canapé. Si seulement on avait quelqu'un pour convaincre Dailana qu'il faut tuer Drenane !

— Mais oui, c'est ça la solution ! crié-je en me levant.

— Quoi donc ?

— Tu ne connaîtrais pas un vampire qui peut influencer les autres vampires ?

— C'est ça ton idée ? Influencer les autres vampires pour tuer Drenane ? dit-il exaspéré

— Mais non, pauvre idiot, tu ne connaîtrais pas un vampire qui puisse influencer Dailana ?

— Et cela nous avancerait à quoi ?

— Eh bien si on arrive à influencer Dailana en lui faisant comprendre que tuer Drenane est la meilleure solution, on pourrait s'en sortir !

— Bon, j'avoue, c'est une bonne idée !

— Oui, il faut juste tout mettre en place.

— Reste plus qu'à trouver ce vampire… dit-il sur un ton désespéré.

— Moi, je ne connais pas vos pouvoirs, annoncé-je déçue. Mais comment va-t-on faire ?

— Attends, pour ton vampire, je crois avoir une petite idée, à ce qu'il paraît, elle vit plus au sud ! me dit-il avec espoir.

— Mais qui donc ?

— Julianna ! me lance-t-il en attendant ma réaction.

— T'es mignon toi, tu me dis ça comme si j'étais censée la connaître !

— Tu es pourtant Mademoiselle-je-sais-tout !

— Oui et bien j'ai dû sauter ce chapitre.

— Julianna était et sera pour toujours la sœur aînée de Dailana !

— Elle est en vie ?

— Elle s'est exilée après la catastrophe ! Mais Dailana l'a transformée, car elle n'avait pas le courage de la tuer.

— Oh, je vois. Il ne nous reste plus qu'à la trouver !

— Voilà une bonne question.

Mon plan est foutu, il nous faut Julianna et Cyrianna pour convaincre Dailana. Après je peux demander un peu d'aide à Gaella, mon amie sorcière, elle pourra peut-être me donner quelques potions… Je réfléchis encore lorsque tout à coup je m'écrie :

— Je sais !

— Quoi ?

— Il nous faudrait du renfort. Comme ça, le temps que Julianna et Cyrianna opèrent sur Dailana, on occupera Drenane !

— Pas bête ça ! Mais il nous faut les vampires les plus puissants !

— Oui, cela va de soi ! lui réponds-je.

— Marcus et Dyronne devraient faire l'affaire.

— Peut-être que Jules pourrait nous être utile…

— Tu penses vraiment que Jules va venir ?

— C'est le meilleur ami de Julian donc…

— Et toi ?

— Quoi moi ? lui demandé-je.

— À quoi vas-tu nous servir ?

— Moi, je pourrais aider…

— Comme si tu pouvais les approcher sans te prendre une raclée !

— Je sais me battre, ignorant ! Même si je pense que tu préférerais que je me contente de détacher Julian ?

— Effectivement, c'est mieux !

— Serais-tu devenu protecteur tout à coup ?

— Non, c'est juste que si tu meurs, Dailana aussi ! C'est une question de bon sens !

— Oh ! Tant pis. Moi qui croyais que tu commençais à m'apprécier !

— Sois déjà heureuse que je ne souhaite pas ta mort ! Car il n'y a que Dailana qui compte à mes yeux !

— Mais une fois que le pacte sera rompu, me tueras-tu, Lucius ?

— Peut-être pas, sauf si Dailana meurt.

— Logique, alors espérons qu'elle reste en vie !

— Bon je vais contacter Marcus et Dyronne !

— Et moi, Gaella !

— Gaella ! C'est qui encore celle-là ?

— Eh bien, c'est mon amie sorcière, elle pourra peut-être nous aider, je verrais.

— Ah !

— Bon, au boulot !

Nous prenons tous deux nos portables et appelons nos amis respectifs. Lucius va dans la pièce à côté, Gaella ne répond qu'au troisième essai. Je lui explique la situation. Comme elle pratique l'ésotérisme, elle me comprend très bien et me croit. Je ne sais pas ce qui se passe du côté de Lucius, car ça crie au téléphone ! Après avoir raccroché, je le vois revenir.

— Alors, tout s'est bien passé ? lui demandé-je.

— Comme tu peux le voir non !

— Qui y a-t-il ?

— Eh bien Marcus ne viendra pas !

— Mais sans lui…

— Je sais, c'est pourquoi Dyronne va demander à son frère, mais il a un peu peur si le plan échoue !

— Comment ça ?

— Eh bien la vengeance de Dailana en sera encore plus terrible envers nous tous !

— Alors, il ne faut pas échouer !

— T'es mignonne toi !

— Oui, je sais !

— Ce n'est pas le moment de plaisanter !

— Ça va excuse-moi ! Je voulais juste détendre l'atmosphère.

— Ce n'est rien, tu n'es qu'une humaine après tout !

— Et alors, tu n'es qu'un vampire après tout !

— Sauf que les humains se sentent toujours obligés de faire de l'humour dans les moments les plus catastrophiques !

— Au moins, on a de l'humour ! Et le moment n'est pas si catastrophique.

— Ah oui ? Donc le fait que l'on se lance dans une aventure périlleuse et que si l'on échoue soit Dailana et Drenane nous achève, soit nos amis nous tuent. Non c'est vrai, ce n'est pas catastrophique !

— Effectivement, vu sous cet angle, ce n'est pas drôle.

— Bon, t'as fini ? me lance-t-il exaspéré.

— Oui c'est bon, au fait, comment on va joindre Jules ?

— Ne me dis pas que tu n'es pas au courant !

— Au courant de quoi ?

— Je n'y crois pas « Mademoiselle-je-sais-tout » ne sais pas tout !

— Eh bien dis-le-moi comme ça je saurais tout !

— Jules est télépathe !

— Oh, comment on s'y prend ?

Soudain il éclate de rire ! Il m'énerve lorsqu'il me ricane au nez !

— Peut-on savoir ce qui te fait autant rire ?

— Ton ignorance !

— Profite, ce moment est d'une rareté sans nom ! Je pensais que les vampires n'avaient pas le sens de l'humour ?

— On en a pour ces choses-là !

— Je suis morte de rire. On peut reprendre ?

— Oui, fait-il tout en continuant de ricaner. Il suffit de te concentrer sur lui et il te détectera !

Ce que je fais. Mais j'ai beau essayer, je ne sens rien.

— Tu es sûr que…

— Chut, concentre-toi !

— C'est bon, c'est juste que… oh, laisse tomber !

Ça y est je sens quelque chose, comme si j'étais connecté à quelque chose ou plutôt quelqu'un.

— Jules ! dis-je dans ma tête. Jules, c'est Sheyla, j'ai besoin de toi ! Je suis chez Lucius.

Je ne peux expliquer comment, mais je sais qu'il m'a entendue et qu'il est en chemin. En ouvrant les yeux, je vois Lucius qui me fixe bizarrement.

— Alors ? me questionne Lucius.

— Il arrive !

— Tu en es sûre ?

— Tu pensais que j'en étais incapable, n'est-ce pas ?

— Ma foi, tu n'as été que peu convaincante au début. Ce n'était pas gagné !

— Eh bien tu t'es trompé ! Tu vois bien que je ne suis pas si idiote que ça !

— Oui, c'est bon tu as réussi ! On peut en revenir aux choses sérieuses ?

— Je t'écoute, lui lancé-je avec une pointe de fierté.

— Bon, comment ça s'est passé avec ton amie sorcière ?

— Eh bien elle va me faire quelques potions de défense. Dès qu'elle a fini, elle m'appelle.

— Sympa ton amie.

— Et toi, t'as appelé Julianna ?

— Non, mais Marcus va s'en charger !

— Mais je croyais qu'il ne venait pas celui-là !

— Il ne vient pas, car il ne veut pas risquer sa vie pour moi, mais il se sent lâche donc pour m'aider, il va retrouver et convaincre Julianna !

— Il faut contacter Cyrianna ! m'exclamé-je.

— J'ai son numéro. Appelle-la, toi.

— Pourquoi moi ? Je ne l'ai vue qu'une fois.

— Exact ! Et ça me fait peur des fois la façon dont tu t'exprimes !

— Pourquoi cela ? demandé-je.

— On croirait entendre un vampire de plusieurs siècles !

— Crois-moi, je ne suis qu'humaine et je n'ai que dix-neuf ans.

— Peut-être, mais tu raisonnes comme un vampire. Elle t'écoutera plus que moi.

— En même temps avec ton caractère de cochon, c'est normal.

Sur cette phrase nous échangeons un regard, et sans même nous en rendre compte nous éclatons de rire en chœur ! Quel effet étrange cela pourrait paraître aux yeux des autres, un vampire chasseur et un humain partageant un fou rire !

Une fois que nous sommes calmés, j'appelle Cyrianna, lui explique la situation et notre plan pour sauver Dailana. Elle me traite de folle, mais je lui promets que si les choses tournent mal, je suis prête à prendre toutes les responsabilités à ma charge ainsi que le châtiment qui leur plaira. Elle finit par accepter. Je lui annonce que je suis chez Lucius et qu'elle n'a qu'à nous rejoindre.

Une fois qu'elle raccroche, j'ai pour la première fois depuis longtemps un bon pressentiment.

Lorsque je retrouve Lucius, il m'annonce qu'il doit se nourrir. Il s'éclipse et revient trente minutes plus tard, recouvert de sang et avec trois pommes qu'il me donna.

— Mange, humaine, je vais me laver et me changer.

Je n'ai pas le temps de répondre qu'il disparaît. Je prends donc les trois pommes en l'attendant.
Je suis perdue dans mes pensées quand il réapparaît.

Chapitre 10

— Bon et si on revoyait le plan afin de s'assurer qu'il ne nous manque rien ? me lance-t-il.

— Bonne idée. Ah, merci pour les pommes.

— Revenons-en au plan… ajoute-t-il presque gêné.

— Oui, c'est bon ! Mais au fait…

— Quoi encore ?

— Arrête de râler ! J'étais en train de penser : si Jules est télépathe, il peut communiquer avec n'importe quel vampire !

— C'est bien, tu as trouvé ça toute seule ? On peut parler de choses sérieuses maintenant ?

— Laisse-moi finir ! Cela implique qu'il peut communiquer avec Julian et savoir où il se trouve !

— Oui et alors ?

— Pourquoi Jules m'a-t-il dit que j'étais la seule qui pouvait le retrouver ?

— Bonne question à laquelle je n'ai pas de réponse ! Tu n'auras qu'à le torturer afin de le savoir, cela pourra être distrayant. En attendant pourrait-on revoir le plan ?

— Oui c'est bon ! Quel grincheux. Pourtant tu viens de manger quelques humains bien frais non !

— Écoute, tu as envie de retrouver Julian autant que j'ai envie de retrouver Dailana donc fais un effort ! Même s'il y a une légère différence. Mais bon !

— À part… que toi c'est une vampire et moi un humain, tu veux dire ?

— On va dire ça…

— Pourquoi tu as dit ça, Lucius ?

— Pour rien ! Bon, le plan.

— Oui, alors une fois là-bas, Dyronne, Crynone, Jules et toi, vous occuperez Drenane le temps que Julianna et Cyrianna se chargeront de Dailana. Moi, je chercherai et détacherai Julian.

— Et ensuite ?

— Ensuite et bien une fois Dailana convaincue, soit Dailana tue Drenane avec votre aide, soit…

— On meurt tous ensemble. Quelle belle perspective !

— Arrête d'être si négatif, Lucius !

— Mademoiselle-je-sais-tout, écoute. Je ne veux pas dramatiser, mais comment va-t-on faire si c'est Drenane qui s'occupe de nous ? Julian est certainement blessé, Jules est moins puissant vu que c'est un passif ! Julianna et Cyrianna ne combattront jamais Dailana. Oh oui, c'est vrai, il reste toi, notre sauveuse ! Tu as une arme secrète cachée sur toi ? Et on fera quoi si The Big Fernand est là-bas avec eux ?

— D'accord, j'avoue que je n'y avais pas pensé !

— Pour la présence de Fernand, Jules devrait pouvoir nous renseigner, mais pour le reste ?

— Je ne sais pas ! dis-je sur un ton vraiment désespéré.

Et si Gaella me faisait une petite potion si puissante qu'elle endormirait ou du moins affaiblirait Drenane et Fernand ? Cela pourrait aider, à condition que les autres vampires quittent la pièce pour ne pas être touchés... Je vais l'appeler on verra bien ce qu'elle me répondra.

— J'ai peut-être une idée, mais pour cela, il faut que je passe un coup de fil afin de vérifier la fiabilité de ce plan.

— Mais fais comme chez toi, je t'en prie !

Je sors et compose le numéro de Gaella. Faites qu'elle réponde !

Ça sonne, ce n'est déjà pas mal.

Répondeur. Je réessaie.

De nouveau la sonnerie...

!

— Allô ! me dit-elle.

— Oui, Gaella, c'est encore Sheyla !

— J'allais te téléphoner d'ici une heure ou deux, les potions sont presque prêtes.

— Génial, mais à vrai dire, je t'appelais pour autre chose.

— Que se passe-t-il ? me demande-t-elle.

— J'aurais besoin d'une potion supplémentaire.

— Quel genre de potion ?

— Le genre très puissant et qui fait beaucoup de dégâts !

— Oh, tu me plais toi ! Qui dois-tu exterminer ?

— Un vampire qui se prend pour un originel et son bras droit.

— Rien que cela ! Et ils ont des noms ces deux rigolos ?

— Le bras droit, c'est Drenane que je t'ai parlé tout à l'heure.

— Et son boss qui se prend pour un originel ?

— Lui, il se nomme Fernand ! Mais tout le monde l'appelle…

— The Big Fernand ! me lance-t-elle inquiète.

— Oh ! Tu le connais ?

— Disons que… j'en ai entendu parler.

— OK ! Et tu penses que c'est faisable ?

— Tu sais très bien que rien ne m'arrête ! Il faudra que tu m'expliques un jour comment tu t'es retrouvée mêlée à tout cela !

— Si je reviens en vie promis, je te raconterai tout, absolument tout. Mais pour l'instant, j'ai besoin de tes potions.

— Très bien. Je te prépare tout ça. Mais fais attention à toi ! Tu me fais vraiment peur.

— Ne t'en fais pas pour moi. Je n'ai plus rien à perdre.

— Oui enfin bon, j'espère qu'il en vaut la peine…

— Je l'aime vraiment, Gaella !

— Rien que ça ! Vraiment ?

— Oui, je sais, ça doit te faire bizarre d'entendre ces mots de ma bouche !

— Et pas qu'un peu, ma belle. Il doit vraiment être extraordinaire. Et comment s'appelle l'heureux élu ?

— Julian Di Comté Mario.

— JULIAN !

— Oui pourquoi ? Tu le connais ?

— C'est juste que…

— Qui y a-t-il ?

— Oh non, ce n'est pas vrai ! murmure-t-elle.

— Qu'as-tu dit ??

— Non rien, je me mets tout de suite au boulot, je t'enverrai Dylan pour t'amener tout ça ! Il t'attendra près du Grand Chêne.

— Pourquoi, toi, tu ne peux pas ? demandé-je inquiète.

— Non ! J'ai plein d'affaires en suspens, donc je me remettrai au boulot dès que j'aurais fini tes potions. Je te laisse !

— Très bien, Gaella.

— Bonne chance, Sheyla, et ne m'en veux pas.

— Mer… ci !

Elle m'a raccroché au nez ! Pourquoi a-t-elle réagi ainsi ? Ce n'est pas son genre ! Mais que lui arrive-t-il à elle aussi ? Je commence à en avoir marre de tous ces secrets dans mon entourage. Tout le monde connaît mon histoire grâce à la presse, mais je ne sais rien sur personne, c'est agaçant à la fin.

Chapitre 11

— Alors tu as parlé à qui ? Et c'est quoi cette idée ? m'interroge Lucius quand je reviens vers lui.

À mon expression, il s'inquiète.

— Tout va bien, beauté ? ajoute-t-il.

— Je m'appelle Sheyla ! lui dis-je sur un ton énervé. Et non, je ne sais pas tout. Je ne sais pas ce que Julian me cache, je ne sais pas ce que vous me cachez tous ici et celle que je prenais pour ma meilleure amie, me cache également des choses. Alors que tout le monde connaît mon histoire et ma propre vie mieux que moi-même, moi je ne sais rien sur personne ! Et j'en ai marre. Donc non, tout ne va pas bien !

Il me fixe sans dire quoi que ce soit. Je n'ose plus bouger et lui non plus tellement je suis en colère. Je sors prendre l'air.

Une fois dehors, je réussis à me calmer, et là, je me rends compte que je lui ai crié dessus alors qu'il est peut-être le seul à m'avoir prise au sérieux et à vouloir m'aider. Après avoir soufflé un bout coup je le rejoins.

— Pardon, Lucius, je n'avais pas à m'en prendre à toi.

— Ce n'est rien, Sheyla. Je ne t'en veux pas. Il est vrai que beaucoup de mystères tournent autour de l'homme que tu aimes. Mais je ne veux pas être la personne qui te dira certaines choses,.

— Je sais que tu fais au mieux, Lucius.

— Dis-toi que tu es une privilégiée ! me lance-t-il avec un sourire aux lèvres.

— Ah bon et pourquoi ?

— Tu es la première humaine à rentrer ici et à rester en vie.

— Oh ! Te serais-tu attaché à moi ?

En lui disant cela je le regarde avec un léger sourire.

— Il se pourrait que je tolère ta présence.

— Effectivement, je suis une privilégiée ! ajouté-je sur un ton de fierté.

Il me regarde en souriant, il a presque l'air humain. Un léger malaise s'installe entre nous.

— Et sinon, ce coup de fil, tu m'en parles ?

— Mon amie sorcière va me confectionner une ultime potion.

— Qui servira à quoi ?

— Bonne question !

— Intéressant !

— Disons que je lui ai expliqué que c'était pour exterminer deux vampires puissants, donc elle fera en ce sens.

— Et tu penses que ton amie peut y arriver ?

— Elle est très forte.

— Et comment fonctionne la potion ?

— Euh… tu ne vas pas aimer, Lucius.

— Pourquoi ?

— Elle risque d'affecter tous les vampires présents donc il faudra me laisser seule avec Fernand et Drenane.

— Non, mais ça ne va pas ? Je ne veux pas !

— Mais, Lucius, juste le temps de jeter ma potion.

— C'est une mission suicide.

— Mieux vaut moi que vous !

— C'est donc ça, ton plan, te sacrifier pour nous sauver ?

— Mais non, c'est juste qu'il faut que je me retrouve seule avec eux et si le plan ne marche pas, eh bien… oui, il me tuera.

— Te donner à eux, c'est ton plan ? T'as intérêt à ce que ça fonctionne…

— Mais tu t'es vraiment attaché à moi tout compte fait, lui lancé-je sur un ton taquin.

— Non, c'est juste que… et puis zut qu'est-ce que ça peut te faire ? me dit-il agacé.

— C'est gentil, merci ! Mais ne t'en fais pas, ils vont avoir très mal. Et j'en sortirai vivante.

— Vaut mieux pour toi que tu dises vrai !

C'est trop touchant un vampire chasseur qui s'inquiète pour moi ! J'aurais tout vu dans ma vie !

— Lucius, puis-je te poser une question ?

— Vas-y, même si je crains le pire !

— Comment peut-on reconnaître un vampire passif ? Parce que bon, Jules sentait le sang animal frais, mais ce n'est pas toujours le cas.

— C'est vrai. Mais pourquoi me demandes-tu ça ?

— Eh bien, j'aimerais savoir s'il y en a autour de moi. Donc comment fait-on ?

— On ne fait pas !

— Comment ça ?

— Sheyla, on ne peut tout simplement pas ! C'est pour ça qu'ils sont à l'abri des humains comme toi ! Et même parfois de certains vampires.

— Que veux-tu dire par là ?

— Beaucoup trop d'humains poursuivent les vampires et même quelqu'un d'expérimenté comme toi ne peut pas les reconnaître, car l'odeur du sang animal n'est pas assez forte pour votre odorat. Sauf s'il vient tout juste de se nourrir, mais c'est rare. Ils font très attention en général.

— Mais les vampires peuvent se reconnaître entre eux.

— Oui bien sûr ! La plupart du temps.

— Ce n'était pas une question. Ce que je voulais dire, c'est que même un vampire n'ayant pas consommé de sang frais depuis longtemps continue à sentir le sang et cela me permet de juger de la nature d'un individu, donc pourquoi je n'arrive pas à détecter tous les passifs ?

— Je viens de te le dire c'est parce que…

— Oui, je sais parce que l'odeur du sang animal n'est pas assez forte, pourtant, j'ai réussi à le sentir chez deux vampires sur mon chemin, mais pas le troisième.

— Comment sais-tu que c'était trois vampires ?

— C'était le mari d'Irina et leurs deux enfants.

— Je vois. C'est chez le père que tu ne l'as pas senti, n'est-ce pas ?

— Oui, mais comment …

— Eh bien parce que c'est selon l'âge du vampire !

— Je ne te suis pas là, lui dis-je un peu perdue.

— Disons que plus le vampire est âgé mieux, il dissimule l'odeur du sang animal.

— Pourtant il n'avait pas l'air si vieux !

J'ai à peine énoncé cette phrase que je me rends compte à quel point c'est stupide.

— Oui je sais, c'est idiot ce que je viens de dire étant donné qu'un vampire ne vieillit pas, ajouté-je aussitôt.

— Un siècle suffit parfois pour dissimuler l'odeur. Avant ce laps de temps, on n'y parvient que trop peu ou pas du tout pour les plus jeunes, comme les novices.

— Je comprends mieux à présent. Mais je sais qu'il n'y a pas que la famille d'Irina comme vampires passifs à Cleevhock, lui lancé-je avec un petit sourire.

— Je ne te dirais rien si c'est ce que tu attends de ma part.

— Ce n'est pas parce que je te regarde que tout de suite… Tu es le seul ici à part moi donc forcément. Mais c'est vrai que si tu…

— Non ! me dit-il d'un ton ferme.

— Mais juste me dire oui ou non.

— Je ne veux pas !

— Je comprends, tu ne peux pas, car tu les protèges pour que des gens comme moi ne se mettent pas à leur poursuite, lui réponds-je sur un ton moqueur.

— Ce n'est pas ça, mais je ne veux pas lui faire de tort, c'est tout ! Et puis s'il faut que tu l'apprennes, ce sera de sa bouche pas de la mienne.

— Lui ? Il n'y en a qu'un seul autre !

— Mais je ne peux pas me taire moi ! Ils sont plusieurs, mais… non rien !

— Trop tard, Lucius ! Donc j'en connais un ?

— Sheyla !

— Oui, je sais, mais c'est juste que…

— Sheyla ! hurle-t-il pour me faire taire.

— Oui, c'est bon, d'accord, j'ai compris, j'arrête. Mais je suis sûre que j'en connais au moins un !

— Plus que tu le crois ! murmure-t-il.

— Qu'as-tu dit ?

— Non rien.

Il me cache quelque chose, je le sais, mais comment savoir ce que c'est ? Est-ce si important pour moi ? Et si Julian en faisait partie ? Après tout, il connaît beaucoup de vampires et c'est étrange ! À moins que Julian soit cet assassin qui aurait tué déjà trois vampires. Cela éluciderait le mystère sur la raison pour laquelle autant de vampires le connaissent et pourquoi ils me disent tous que c'est une mission dangereuse de le sauver. C'est vrai après tout, s'il est détesté par tous, c'est forcément périlleux. Et cela expliquerait aussi le plan chez lui et tout le reste ! Un vampire passif ne pourrait pas tuer les siens. Même pour une bonne raison. Quoique j'ai déjà lu des écrits sur des vampires qui s'entre-tuer.

— Dis-moi, Lucius, est-ce qu'un vampire passif peut tuer d'autres vampires, même si eux sont actifs voire chasseurs ?

— Non, pourquoi ?

— Pour savoir ! Mais comment ça, non ? dis-je sur un ton surpris.

— Il ne serait pas assez fort !

— Pourtant…

— Ce que je veux dire c'est que la force d'un vampire dépend de son alimentation.

— Mmm…

— Un vampire chasseur a la force de cent hommes ! Un vampire actif celle de cinquante hommes et celle d'un vampire passif d'à peine dix hommes ! Donc il faudrait plus de cinq vampires passifs pour en tuer un actif et plus de dix passifs pour un seul chasseur !

— Je sais ! Je réfléchissais.

— Tu comprends mieux maintenant à quel point c'est dangereux de s'en prendre à Drenane ?

— J'ai confiance en mon plan.

— Je l'espère pour toi !

Je l'espère aussi, pensé-je.

Heureusement qu'il ne lit pas dans les pensées ! Mais c'est vrai, je crains que la potion ne fasse pas d'effets. Dans ce cas, je mourrais. Il y a tellement de questions que je me pose sans avoir de réponses ! Déjà la toute première c'est : « comment Julian s'est retrouvé mêlé à tout ça ? » Il faudrait que je lui demande, mais pour cela, il faudrait d'abord que je le retrouve ! Une chose est sûre, c'est qu'une fois fait, il va m'entendre celui-là, je ne vais pas le lâcher ! Pourquoi faut-il toujours que je m'attache à des personnes qui disparaissent ? Va savoir, c'est dans la logique des choses que je souffre.

— Sheyla ? me dit-il sans que je réagisse.

On vit dans un monde où la logique et la raison dirigent, mais comment faire lorsque les deux ne collent pas ?

— Sheyla ? continue Lucius sans pour autant que je lui réponde.

On fait avec ? On ne dit rien et on endure le reste ? Non je ne peux pas ! Je pense que si je perds Julian, j'irais voir Dailana afin qu'elle me vide de mon sang. Elle ne pourra pas refuser une offre aussi alléchante.

— Sheyla ! hurle-t-il.

— Quoi ? finis-je par lui répondre.

— Tu m'inquiétais. Tu fixes le tableau sans bouger, sans cligner des yeux, sans même respirer presque ! Et vu ce qu'il y a dessus, ça fait peur !

Il est vrai que dessus l'on peut voir des vampires en train de s'abreuver de mortels. Pas terrible ; la décoration est un peu sordide, mais bon, c'est un vampire après tout, enfin ce n'est pas une raison de s'inquiéter tout ça parce que je rêvasse un peu ! Espérons juste que la personne que je vais aller voir demain pourra nous aider.

— Sheyla … Tu es encore parmi nous ou pas ?

— Oui… mais tu sais que tu commences vraiment à me faire flipper d'être aussi protecteur !

— Je ne voudrais pas que tu nous lâches tout simplement.

— Je suis remplaçable !

— Non, on a besoin de toi. Et surtout Julian. De plus, personne ne connaît ton amie sorcière.

— Oui, c'est vrai ! Pour une fois je me sens utile, autant en profiter, car ce n'est pas près de se reproduire.

— Écoute, que tu veuilles courir après les vampires c'est ton problème après tout ! Du moment que tu sais ce que tu risques. Mais ici, plusieurs vies sont en jeu.

— Ne le prends pas mal, mais je pense qu'une fois Julian sauvé, si je m'en sors, je me contenterai des humains et je pense qu'il sera d'accord avec moi.

— Oui, enfin… ne pense pas te détacher comme ça des vampires !

— Pourquoi ça ? Tu penses que si on réussit Julian et moi serons traqués ?

— Ça, je ne peux pas l'affirmer, mais tu côtoieras des vampires que tu le veuilles ou non.

— Que veux-tu dire par là ?

— Tu verras en temps voulu !

— Qu'est-ce que vous pouvez m'énerver avec cette phrase ! Dis-moi au moins à qui je dois m'adresser afin d'avoir des réponses ?

— Très bien, tu n'auras qu'a demandé ça à… attends, si je te le dis tu me jures d'arrêter toutes tes questions incessantes ?

— Promis, dis-le-moi maintenant.

— Disons que si tu veux des réponses, il te faudra sauver Julian et en sortir indemne, car c'est ton cher et tendre qui te les donnera.

— J'étais sûre que tu allais me dire ça.

— C'est plutôt simple, tu sauves Julian, tu restes en vie et tu auras toutes tes réponses. Sinon, tu mourras sans connaître la vérité sur Julian.

— La vérité sur Julian ?

— Mais pourquoi j'ai dit ça moi ? murmure-t-il.

— Comment ça, la vérité sur Julian ?

— Tu as promis. Plus de questions.

— Tu étais censé ne rien dire qui puisse éveiller ma curiosité !

— C'est vrai, mais je ne peux pas t'en révéler d'avantage.

— Dis-moi au moins à propos de quoi.

— À propos de lui-même. De ce qu'il te cache depuis le début et aussi… de son passé.

— Je savais qu'il me cachait des choses. Il était trop parfait ce mec.

— Je n'ai pas tout suivi, là !

— Ne cherche pas, Lucius. C'est juste qu'avec le temps, j'arrive à savoir si quelqu'un me dissimule des informations.

— Tu lui as déjà parlé de tes interrogations ?

— Non, pas vraiment. Disons qu'à chaque fois que l'on se voyait, c'était en toute amitié sauf peut-être la dernière fois. C'était étrange.

— Comment ça ? Que s'est-il passé ?

— On était chez lui, on parlait de la mort de ma famille, il m'a promis d'être toujours là pour moi et de m'aider à retrouver les meurtriers. Après m'avoir embrassée, il m'a ramenée chez moi, mais je l'ai embrassé et…

— Et quoi ?

— Il a fini par reculer, il a regardé autour de nous en me disant qu'il ferait ce qu'il faut pour me protéger. Que s'il ne revenait pas et que je partais à sa recherche, je devrais suivre les indices qu'il m'avait laissés. Mais pour les trouver, c'était une autre histoire. En même temps, je ne pensais pas qu'il avait disparu, je pensais juste qu'il m'avait quittée.

— Je comprends mieux maintenant, me lance-t-il.

— Quoi donc ?

— Sa disparition !

— Comment ça, Lucius ?

— Eh bien ce jour-là, il devait savoir qu'il était suivi. En l'embrassant devant chez toi, Dailana a dû vous voir. Donc il a pris les devants et est sûrement allé à la rencontre de Dailana afin de te protéger.

— C'est aussi ce à que j'ai pensé, mais je préférerais me tromper.

— Seulement…

— Quoi ? lui demandé-je.

— Il ne savait pas pour le pacte.

— Je m'en veux tellement…

— Pourquoi ?

— Lucius, c'est ma faute si Julian est parti. S'il est en danger, c'est à cause de moi. Et si on doit partir le sauver, c'est encore à cause de moi…

— Et après ? De toute façon, Dailana aurait tout fait pour vous séparer, donc dans tous les cas… et puis, je suis aussi fautif que toi.

— Pourquoi tu dis ça, Lucius ?

— Je te rappelle que c'est moi qui ai dénoncé Julian à Dailana.

— Tu l'as fait par amour pour Dailana. Et puis tu veux m'aider à présent, donc c'est qu'au fond, tu dois vouloir te racheter.

— Peut-être.

— Tu es plutôt gentil finalement pour un chasseur !

— Ne crois pas cela. C'est seulement avec toi, beauté. Enfin je veux dire…

— Que je suis privilégiée, car je suis ta protégée maintenant et plus ton potentiel repas.

En lui disant cela, nos regards se croisent et un léger malaise s'installe entre nous.

— Je vais chasser, je te ramènerai à manger.

Puis il part avant même que je puisse répondre.

Quelques minutes s'écoulent, avant que je reçoive un message de Gaella me disant que Dylan viendra aux aurores. Je suis en train de lui répondre lorsque Lucius revient. Il m'a ramené un sceau entier de fruits. Il est couvert de sang et l'odeur est bien plus forte cette fois-ci. Il ôte sa chemise, s'essuie avec et commence à ouvrir son pantalon devant moi. Je ne peux m'empêcher de le regarder. Il arrête son geste et lève les yeux vers moi avec son petit sourire en coin.

— Qui y a-t-il, Sheyla ?

— Euh… rien… non, pardon. Je n'aurais pas dû, dis-je gênée et en détournant le regard.

— Cela ne me dérange pas.

Il me fixe intensément et je ne peux que le regarder à nouveau. Il se rapproche de moi de plus en plus, je crois même voir ses yeux changer de couleur. Soudain, je perds le contrôle de mes pensées et de mon corps.

— Tu commences à m'intéresser, Sheyla.

— Ah bon ?

— Je commence à comprendre pourquoi Julian s'est rapproché de toi…

— Ah oui, et pourquoi ?

— Tu es d'une rare beauté pour une humaine, tu es plutôt bien bâtie, avec de magnifiques courbes et tu n'as pas froid aux yeux. Lorsque l'on commence à te connaître, on a envie de…

— On a envie de quoi, Lucius ? Je t'écoute.

Il est vraiment très près à présent et je dois l'avouer, il me plaît malgré moi. Je n'arrive plus à bouger, ni même à détourner mon regard du sien.

— De goûter à tes lèvres, finit-il par me dire d'une voix sensuelle.

— Aurais-tu dans l'idée de m'embrasser ?

— J'avoue que l'envie me monte.

— Et tu attends quoi, Lucius ? lui dis-je d'un ton provocateur.

— Ne me tente pas…

Il n'est désormais plus qu'à quelques centimètres de moi, je le sens glisser une de ses mains dans mon dos afin de me rapprocher à lui. Puis son autre main se pose sur ma nuque, ses lèvres frôlent légèrement les miennes. Mes battements de cœur accélèrent, ce qui le fait sourire. Le désir grandit en moi. Il commence à coller ses lèvres sur les miennes. Il embrasse divinement bien et beaucoup mieux que Darryl. Je prends même le risque de glisser mes mains dans ses cheveux. Son baiser provoque des picotements dans mon bas-ventre, je désire cet homme comme jamais. Soudain deux personnes entrent sans prévenir.

— Salut, Lucius, on a senti le sang frais, dit une voix inconnue.

À ce moment-là, Lucius me lâche, se retourne et je me sens comme désenvoûtée. Je perds un peu l'équilibre et me rattrape à son bras. Il a le réflexe de me tenir.

Que m'est-il arrivé ? Mais attends, je rêve où on vient vraiment de s'embrasser ? Pourquoi je l'ai laissé faire ? J'ai aimé ça en plus ! Mais que m'arrive-t-il ? Qu'est-ce qu'il m'a fait ? Mille questions me tourmentent tandis que Lucius se débarrasse des deux vampires.

— Que faites-vous là ? demande Lucius sur un ton froid.

— Je te l'ai dit, on a été attiré par l'odeur du sang frais.

— Je ne partage pas, cette humaine est mienne.

Il se met bien devant moi. Comme pour me cacher et me protéger. Les deux vampires me regardent avec envie, mais Lucius montre les crocs. Ils font un pas en arrière et partent. Lucius attend quelques secondes puis se calme. Il se tourne vers moi, me demande comment je vais et s'excuse. Il file ensuite sous la douche avant même que je puisse dire quoi que ce soit. Essayant de retrouver mes esprits durant son absence, je mange une pomme et m'assois sur son canapé. Je me sens à la fois furieuse et reconnaissante.

Furieuse, car il m'a envoûtée et embrassée, mais reconnaissante, car il m'a protégée contre ces deux vampires. A-t-il vraiment dit que « *j'étais à lui* » ? Non, mais il rêve celui-là, je n'appartiens qu'à Julian moi. D'accord, j'adore les vampires, mais c'est Julian que j'aime. Mais si je l'aime, pourquoi Lucius me fait-il cet effet ?

J'attends son retour plus de dix minutes avant de tomber de sommeil. Je crois sentir un plaid posé sur moi sans grande conviction.

C'est la seule nuit depuis longtemps où je peux dormir une nuit complète sans avoir peur et en me sentant en sécurité. Je ne sais pas si le fait d'avoir un vampire à mes côtes y est pour quelque chose, mais en tout cas, j'ai bien dormi cette nuit.

Chapitre 12

N'étant pas tout à fait réveillée, je garde les yeux fermés. Rien qu'en pensant à la journée qui m'attend je préfère rester couchée. Soudain je sens Lucius s'asseoir près de moi et me caresser la joue. Je ne bouge plus, car il commence à parler. Avec un peu de chance, il lâchera des renseignements sur Julian.

— Pourquoi ça tombe sur moi ? Sheyla, tu n'aurais jamais dû venir ici. Ta venue a changé tellement de choses. Je commence à envier Julian. Si seulement tu pouvais connaître son vrai visage. Il n'est pas celui que tu crois. Ma pauvre, ta chute sera terrible, mais je te rattraperai. Si je pouvais, je te dirais tout, mais je ne peux pas. Comment tu vas réagir lorsque tu apprendras que Julian n'est qu'un sale traître ?

À ce moment-là, mon téléphone se met à sonner. Franchement, au moment où Lucius allait parler ! Il essaie de me réveiller délicatement.

— Sheyla, ton téléphone sonne, lève-toi.

Je fais mine de me réveiller et saisis de mon portable.

— Oui, allô ? dis-je en bâillant.

— Sheyla, c'est Dylan !

— Oh, Dylan ! Où es-tu ?

— Devant, je t'attends.

— J'arrive tout de suite.

Je raccroche et le rejoins. Lorsqu'il me voit, il est tellement rassuré qu'il me prend dans ses bras.

— Je vais bien, Dylan !

— Désolé, mais tu es avec Lucius et…

— Et quoi ? Il ne m'a rien fait donc ne t'en fais pas. Alors, Gaella t'a confié quoi pour moi ?

Il me donne une vingtaine de fioles en tout genre, pour provoquer différents effets, brouillards, désorientation, légère paralysie, léger aveuglement et pour la fin, déclenchement d'incendie au cas où. Puis il m'en passe deux autres complètement différentes. Ces deux potions sont capables d'affaiblir des vampires, de leur retirer leur force. Ainsi ils se battront comme de simples humains. Il me tend un dernier flacon, celui-ci recrée une lumière aveuglante. Efficace lorsque l'on doit s'échapper d'une meute de vampires.

— Merci, Dylan !

— Sheyla, n'hésite pas à te servir d'une potion sur Lucius au besoin.

— Ne t'en fais pas, Dylan, je n'en ai pas besoin. Lucius ne me fera rien.

— Fais quand même attention à toi.

— Passe le bonjour à Gaella. À bientôt.

— À bientôt, Sheyla.

Dès qu'il est reparti, je retourne auprès de Lucius.

— Bonjour le courant d'air ! me lance Lucius.

— C'est comme ça que tu vas m'appeler à présent ?

— Tu es partie si vite.

— Au fait, Lucius, je veux des explications !

— À propos de quoi ?

— Je veux savoir ce que tu m'as fait hier soir ?

Je le fixe, déterminée à avoir mes réponses. Il se lève et me fait face.

— Tu sais que tu es mignonne lorsque tu te mets en colère.

— Lucius, arrête !

— Je n'ai rien fait. C'est toi qui as commencé en me regardant me déshabiller.

— Un bel homme qui se met presque nu devant moi, comment ne pas regarder. Non, je ne voulais pas dire que… enfin je…

Mais pourquoi j'ai dit ça moi ? pensé-je.

Il me regarde avec un grand sourire. Il réduit davantage l'espace entre nous, je recule, mais me cogne à une table.

— Trop tard, ma belle, ce qui est dit est dit !

— J'ai parlé sans réfléchir.

Mais comment je vais m'en sortir ? Et pourquoi me regarde-t-il comme ça ?

— Non, non, j'ai bien entendu. Donc comme ça, tu me trouves beau, me dit-il avec tant de fierté.

— Je ne pensais pas ce que j'ai dit !

— C'est pourtant dans ces moments-là que nous sommes les plus sincères.

— Dans quels moments ? De quoi tu parles, Lucius ? Et qu'est-ce que tu cherches à obtenir de moi ?

Il s'arrête à seulement quelques centimètres de moi.

— Au fait, tu ne m'as pas dit pour tes potions ?

— On a de quoi faire beaucoup de dégâts !

— Pour qui ? Pour eux ou pour moi ?

— De quoi tu parles, Lucius ?

— Je sais qu'il t'a donné de quoi me détruire.

— Te détruire ? Non, ce n'est pas pour toi !

— Sheyla ! Ne me mens pas !

— Mais qu'est-ce qu'il te prend ?

— J'ai écouté votre conversation !

— Et bien alors, tu as dû louper le passage où je disais que je n'en avais pas besoin contre toi !

— Tu le penses vraiment ?

— Pourquoi, tu veux me tuer ? Mais qu'est-ce que tu as aujourd'hui ? Tu es susceptible !

— C'est moi le susceptible ? C'est toi la petite humaine qui prend tout au premier degré !

— Ce n'est pas vrai !

— Sheyla !

— Ce n'est pas vrai !

— Sheyla.

— Oui, bon, j'avoue, peut-être un peu, mais tout le monde me ment et me cache des choses, donc comment veux-tu que j'arrive à faire la différence entre la vérité et une plaisanterie ?

— Il a quand même du souci à se faire Julian avec toi !

— Merci, c'est gentil ! De toute façon, ce n'est pas ton problème.

— Ne le prends pas mal, mais si lorsque l'on te fait une plaisanterie tu prends tout au premier degré, on n'est pas sorti ! me lance-t-il.

— Si vous ne me mentiez pas autant, je pourrais interpréter les paroles de chacun dans le bon sens !

— Bon, alors disons qu'on a tous un peu tort. Toi, de douter de tout et nous, de te cacher des choses !

— Tu dois être content ? lui dis-je en m'éloignant.

— De quoi ?

— Parce que peu importe ce qu'il se passera, tu seras débarrassé de moi !

— Comment ça ? me demande-t-il limite inquiet.

— Eh bien si nous réussissons la mission, je partirais avec Julian, toi avec Dailana. Donc tu seras débarrassé de moi. Et si on échoue, je meurs de la main de Dailana ou de la tienne !

— Peut-être pas, me dit-il soudain.

— Comment ça, peut-être pas ?

— Je te laisserai peut-être en vie.

— Lucius, te serais-tu attaché à moi ? dis-je sur un ton légèrement enjôleur en me rapprochant de lui.

— Alors là, tu rêves ma beauté ! Enfin je…

— Ma beauté ? Tu vois que tu es un menteur ! Tu n'arrêtes pas de t'inquiéter pour moi donc ne dis pas le contraire ! Et dois-je te rappeler que tu m'as déjà embrassée hier ?

— Et puis quand bien même, que cela peut-il te faire ? ajoute-t-il exaspéré.

— T'es trop mignon quand t'es en colère ! Et en plus, tu rougis ! le taquiné-je.

— N'importe quoi ! Les vampires ne rougissent pas.

— Non c'est vrai, mais…

— Mais rien du tout ! rétorque-t-il légèrement irrité.

— Tu vois que tu es susceptible, Lucius !

— Bon, t'as fini ? Je ne suis pas susceptible, Sheyla, je suis agacé !

Je le regarde avec un sourire, j'espère que Julian est aussi drôle que Lucius ! Mais qu'est-ce que je dis-moi ? Je ne suis pas en train de m'attacher à Lucius j'espère ! Non, je ne crois pas… enfin je ne pense pas. Mais qu'est-ce qu'il m'arrive ? Bon, allons briser la glace.

— Allez, tu ne vas pas faire la tête juste parce que tu ne veux pas avouer que je te plais ?

— N'importe quoi, vous alors, les humains, vous êtes si sûrs de vous !

— Oui, je sais, on me le reproche souvent ! Mais dis-moi, que se passe-t-il si une humaine te touche ? lui lancé-je provocatrice en posant ma main sur son torse.

— Mais qu'est-ce …

— Oh, mais c'est qu'il est gêné en plus le petit vampire !

— Ne me touche pas ! Dois-je te rappeler que je peux te vider de ton sang d'une seule traite !

— De quoi as-tu peur ? C'est toi le vampire, ce n'est pas moi !

— Ne joue pas à ça avec moi, Sheyla !

— Tu as peur de moi, Lucius ?

— Très bien, que penses-tu des vampires, Sheyla ?

— Cela dépend.

— C'est-à-dire ?

— Eh bien, ceux qui veulent ma mort, je vais peut-être les éviter à l'avenir ! Mais après, regarde, cela fait deux jours que je suis ici et pourtant je m'amuse bien, à part quand tu fais ton grincheux !

— Pourrais-tu faire ta vie avec un vampire ? Et le laisser te transformer ?

— Je ne sais pas, pourquoi ? Tu as l'intention de m'enlever et de me transformer afin de me faire tienne ? Comme tu l'as insinué hier à ces deux vampires ?

Il recommence à me regarder, comme hier, et je perds le contrôle comme la veille.

— Peut-être, pourquoi pas ! Je t'aime bien dans le fond et tu connais bien les vampires ! De plus, je te protège et on cohabite depuis hier matin sous le même toit et l'envie de t'arracher la gorge est comme partie.

Il se rapproche de moi, je ne peux que le laisser faire. Ses yeux ont encore changé de couleur et je sens cette même frénésie incontrôlable.

— Tu meurs d'envie de goûter mon sang, n'est-ce pas ? lui dis-je d'une voix douce.

— Oui, je l'avoue !

Je peux sentir à présent cette même tension sexuelle qu'hier s'installer entre nous.

— Pourquoi tu en as autant envie, Lucius ?

— Parce que je me suis….

— Quoi donc ? Dis-moi.

— Connais-tu les légendes anciennes chez les vampires, Sheyla ?

— J'en connais quelques-unes oui.

— Connais-tu celle du « *Ceantaglán* » ?

— Non pas du tout ! En quoi cela consiste-t-il ?

— C'est un truc de vampire.

— Un truc de vampire ! Dis-m'en plus, le questionné-je en passant mes bras autour de sa nuque.

Il est de plus en plus proche de moi et je n'arrive pas à me défaire de lui. Je suis comme attirée par lui. Je ne sais pas ce qu'il m'arrive, je n'ai qu'une envie à ce moment précis, celle de l'embrasser et de me faire mordre par lui.

— Sheyla, je…

— Tu veux me mordre, Lucius ? lui proposé-je en le fixant.

— Que ce soit vrai ou non, cela ne change rien ! Je me trompe ?

— Je ne sais pas ! Quelle sensation cela fait d'être mordue, volontairement ?

— Je peux te faire découvrir cette sensation euphorisante, si tu le désires.

— Je commence à en avoir envie.

Je suis comme hypnotisée par son regard. Je sens sa main se glisser dans mon dos et sans que je m'en rende compte, je me retrouve allongée sur son lit, lui, sur moi. Je le vois hésiter quelques secondes.

— Qu'attends-tu, Lucius ?

— J'ai peur que tu m'en veuilles après !

— Mords-moi, Lucius. Je veux savoir ce que cela fait.

Il ne peut se retenir davantage. Il m'embrasse à pleine bouche, et mon désir pour lui revient à grands pas, quelque chose d'intense, telle une flamme à l'intérieur de moi. Mais que vient-il de me faire ? Il s'arrête soudain et me regarde.

— Qu'est-ce que tu m'as fait, Sheyla ?

— J'allais te demander la même chose !

Il me fixe avec interrogations. Puis il recommence à m'embrasser et je ressens la même chose en plus intense. Il descend ensuite ses baisers dans mon cou, chaque baiser déclenche un brasier en moi, partout où il pose ses lèvres. Lorsqu'il plante ses crocs, un désir intense me consume. À ce moment précis, je le désire ardemment comme jamais je n'ai désiré un homme. C'est aussi puissant qu'un volcan en éruption qui enflammerait mon corps tout entier. Cela n'a absolument rien à voir avec la morsure du vampire qui a failli me tuer. Il n'a pas bu beaucoup de sang, lorsqu'il s'arrête net et me regarde à nouveau. Je me sens différente.

— J'ai envie de toi, Lucius ! lui lancé-je sans pouvoir me contrôler davantage.

— Ne me dis pas des choses pareilles, Sheyla. Je ne vais pas pouvoir rester raisonnable encore longtemps.

— Ne le sois pas, j'ai vraiment envie de toi. Alors, arrête de me faire attendre.

Il plonge ses yeux dans les et reprend ses baisers, mon excitation est à son comble. Il pose sa main sur ma cuisse et la fait remonter jusqu'à mes fesses, chacune de ses caresses éveille en moi un feu ardent grandissant. Il se positionne entre mes jambes et je peux désormais sentir contre moi son envie tellement il est dur, cela me fait encore plus le désirer. En l'espace de quelques secondes, je me retrouve en sous-vêtements, tout comme lui, et dans ses draps à présent. Il me regarde et ses yeux sont noirs.

— Sheyla, est-ce vraiment ce que tu veux ?

— Lucius, je te veux depuis que tu m'as attachée à cette chaise, alors prends-moi, tout de suite, je n'en peux plus de t'attendre.

Il ne peut se retenir davantage, je parcours son corps étrangement chaud et vraiment bien musclé, à croire que toute son anatomie est faite d'acier. Il défait mon soutien-gorge sans même que je m'en rende compte et le fait glisser sur le côté. Lorsqu'il empoigne mon sein de sa main ferme, je me crispe de désir, chaque caresse est divine. J'ai la sensation que l'on me touche pour la toute première fois. Comme si personne ne m'avait fait l'amour avant lui, j'ai l'impression de découvrir de nouveaux sentiments tellement c'est intense. Sans même m'en rendre compte, nos sous-vêtements disparaissent, je le sens à ce moment-là me pénétrer avec fougue et passion. C'est merveilleusement délicieux. Chaque parcelle de lui en moi me provoque des sensations nouvelles et extraordinairement euphoriques. Le volcan en moi explose et mon corps se cambre sous ses coups de reins. Mon orgasme est le plus puissant et satisfaisant que je n'ai jamais ressenti. À cet instant, il me mord et c'est encore plus exaltant. Il cède en même temps, et j'aurais tout donné pour que ce moment ne s'arrête jamais. Il m'embrasse presque amoureusement une dernière fois et recule pour me regarder.

Il perd soudain l'emprise qu'il avait sur moi et je reprends mes esprits. Son regard semble perdu, je pense qu'il est aussi déboussolé que moi. Que vient-il de nous arriver ?

Je suis prise brusquement d'une grande panique. Mon Dieu, mais que venons-nous de faire ? Je viens de coucher avec Lucius, je lui ai demandé de me mordre et j'ai aimé ça. Pourquoi ? Et Julian alors ? Bon, j'avoue qu'il m'a fait grimper aux rideaux comme un dieu.

Dans mon affolement, je le repousse. Surpris, Lucius tombe du lit. Mon Dieu qu'il est bien bâti, me dis-je en le voyant nu contre le mur quand il se relève.

— Mais qu'ai-je fait ? dit-il à voix haute.

Il a l'air encore plus confus que moi. Avant même que je puisse dire quoi que ce soit, il file sous la douche et même si j'ai vraiment envie de le rejoindre, j'essaie de retrouver mes esprits. J'ai l'impression de ne plus avoir le contrôle sur mon propre corps. Je me lève du lit, troublée mais en colère. Je prends le drap et m'enveloppe avec. Il sort de la salle de bains habillé et toujours aussi paniqué.

— Je suis désolé, je vais chasser.

Il s'éloigne avant même que je puisse lui répondre. Je vais me laver à mon tour. Sous la douche, je ne peux m'empêcher de repenser à ses baisers, à ses mains si sensuelles sur mon corps, à son engin en moi, je me demande même comment un homme aussi doué peut-il être encore célibataire. Je finis par éteindre l'eau chaude et allumer l'eau froide uniquement afin de redescendre sur terre.

Une fois douchée et habillée, je rejoins la pièce principale. Lucius est debout, mais n'a pas une seule goutte de sang sur lui.

— Je veux savoir ce qu'il s'est passé, Lucius.

Je ne sais même plus comment je dois agir avec lui.

— Je ne sais pas, j'ai perdu le contrôle.

— Je ne veux plus de mensonges.

— Écoute-moi, Sheyla !

— Non, c'est fini ! Je m'en vais ! De toute façon, je dois y aller.

— Ne pars pas en colère, on doit en parler !

— Non ! On parlera plus tard, je dois me calmer.

— Sheyla, dis-moi au moins où tu vas ?

— Tu demanderas à Hyérich.

— Et pourquoi ne pas me le dire maintenant ?

— Tu le comprendras lorsque Hyérich te dira où je suis.

— Cela ne me plaît pas, Sheyla ! Tu n'es qu'une humaine.

— Et toi, qu'un vampire stupide ! Au lieu de t'inquiéter pour moi, réfléchis à ce que tu as fait. Et cogite sur une chose.

— Laquelle ? me demande-t-il inquiet en reculant.

— C'est Julian que j'aime et que je veux ! Pas TOI !

Sur cette dernière phrase, Lucius se braque et s'éclipse dans l'autre pièce. Moi, je sors de cette maison.

Je dois absolument me vider la tête. Même si je dois avouer que lui parler aussi méchamment m'a provoqué une pointe au cœur. De plus, j'ai vraiment pris mon pied avec lui.

Non non non ! Je dois oublier Lucius ! C'est Julian que j'aime ! En pensant à Julian, j'ai honte de ce que j'ai fait. Mais que m'arrive-t-il ?

Chapitre 13

Je m'en vais en pensant à Julian. Il faut que je garde mon objectif en tête. Pourquoi Lucius me fait-il autant d'effet ? Il n'a pas touché de femme depuis trop longtemps ou quoi ? Qu'il s'en trouve une autre pour satisfaire ses envies ! En même temps, si je ne l'avais pas provoqué aussi. Pourquoi lui ai-je parlé comme ça ?

Je continue à marcher et sors de ma poche la deuxième adresse que Hyérich m'a donnée. Suis-je en train de faire une bêtise ? Je ne sais pas. Mais c'est pour sauver Julian ! Après tout, il a risqué sa vie pour me protéger.

— Oh Darryl, où es-tu lorsque j'ai besoin de toi ? me dis-je à voix haute sans attendre de réponse.

Je marche une bonne heure avant d'arriver à la destination écrite sur le papier. C'est une maison abandonnée, j'hésite vraiment à avancer. Cette fois-ci, je ne le sens pas du tout ! D'autant plus que Darryl n'est pas là pour me sauver. Mais je suis plus entraînée et j'ai les potions de Gaella. Je prends mon courage à deux mains et avance enfin vers ce repaire.

Soudain une chose m'attrape par-derrière et me bloque.

— Ne bouge plus, où je t'arrache les bras ! m'annonce l'homme qui me tient.

Il m'immobilise fermement. Ses mains sont glacées.

— Lâche-moi, sale vampire !

— Une battante, mmmh j'adore ! Je vais m'amuser un peu avec toi. Je vais te découper et te torturer. Je veux t'entendre crier, ma jolie.

Il commence à me traîner de force, mais en lui donnant un coup de pied, je le fais lâcher prise. Il recule et me regarde avec un sourire digne d'un film d'horreur. Il est énorme, très grand avec des cheveux châtains coiffés en queue-de-cheval. Il a franchement l'air féroce. Il me fonce dessus. On se bat violemment durant vingt bonnes minutes. Jusqu'à ce qu'il prenne le dessus et m'assomme en m'envoyant voltiger contre un arbre.

Je me réveille, attachée avec des chaînes contre un mur poussiéreux. Je pense que je me trouve dans la maison abandonnée. Tout est délabré et en piteux état. Il est devant moi à attendre.

— Charmant cet endroit ! Tout à ton image.

— Tu es réveillée ! J'ai aimé comment tu t'es battue, petite humaine ! Mais vas-y, tu peux faire des plaisanteries… Tu vas bientôt crier !

— Va au diable, sale vampire !

— J'irai avec plaisir, mais… je préfère d'abord m'amuser avec toi !

— Si tu crois que je vais crier pour toi, alors là, tu rêves !

— Insolente et stupide. J'ai vraiment gagné le gros lot avec toi ma parole. Je ne te ferai pas crier, ma jolie. Je vais te faire hurler de terreur.

J'aperçois un feu dans la cheminée. Il prend un tisonnier et me l'enfonce dans la jambe. Intérieurement je crie de douleur, mais je ne veux pas lui faire cette joie. Donc aucun son ne sort de ma bouche.

— Oh, tu veux jouer à ça ! Je vais te torturer jusqu'à ce que tu cries, me lance-t-il énervé.

— Tu peux toujours essayer, lui dis-je déterminée.

Il rit avant de prendre un poignard dont il chauffe la lame, il s'approche de moi avec son couteau et me l'enfonce dans l'autre jambe. Mais toujours aucun cri ne passe la barrière de mes lèvres. Il repasse son couteau dans la flamme et me coupe au bras, puis à l'autre bras. Mais toujours rien. Même si intérieurement je hurle de toutes mes forces. La douleur est tellement intense que mes larmes coulent à flots toutes seules.

— Ah ! Tu commences à craquer. Je vois tes larmes couler. Crie, ma jolie ! De toute façon, tu mourras dans tous les cas.

Il prend un nouveau tisonnier portant un symbole au bout que je n'arrive pas à voir. Il le fait chauffer dans la cheminée en me regardant satisfait de mon état.

— Je vais te faire un petit souvenir, avant que tu ne meures ! Ainsi tout le monde saura qui t'a tué.

Il déchire mon haut et me colle cette chose brûlante au milieu de la poitrine. Cette fois-ci la douleur est beaucoup trop forte, je peux plus me retenir et hurle de toutes mes forces. Il enlève son fer et me fixe content de lui.

— Te voilà marquée, comme du bétail ! Un « L » pour Louis, mon prénom. Ainsi, tu es à moi à présent. Bon, maintenant que tu cries, je vais m'amuser en te découpant morceau par morceau. Mais d'abord…

Il se met à me rouer de coups. Il me frappe si fort que je sens mes côtes se briser et d'autres os se casser. J'ai le goût de mon sang dans la bouche. Je vais mourir.

— Alors, tu ne dis plus rien, petite humaine ? Je devrais peut-être t'achever. Tu n'as plus l'air en forme. Je ne vais plus pouvoir m'amuser avec toi ! Dommage, tu étais si divertissante. Bon, comment vais-je te tuer ?

Il cherche dans ses outils de torture quelque chose pour mettre fin à ma vie. J'ai à peine la force de lever la tête pour voir ce qu'il fait, mais tout est flou. Soudain, j'aperçois quelqu'un entrer.

— Relâche-la ou je t'envoie en enfer, sale monstre ! dit une voix qui me semble familière.

— Oh ! Et tu es qui, toi ? Son petit ami ? Deux fois plus de sang pour moi, pourquoi pas après tout.

J'ai la tête baissée, mais je les entends se battre brutalement. Je ne sais pas qui des deux gagne. J'essaie de lever la tête afin de regarder. Je vois un homme plus petit que Louis, se faire éjecter dans tous les sens. C'est mal parti pour lui !

Tout à coup je le vois planter le vampire. Il le frappe encore et encore et le pousse violemment. Louis recule, puis l'inconnu vient vers moi, prend une fiole dans mon sac et la lui lance à la figure. Louis recule encore une fois en criant. L'homme en profite pour courir vers moi.

— Sheyla, ma belle. C'est Darryl, ça va ? Tu tiens le coup ?

— Darryl ! Mais que fais-tu ici ? Je te croyais loin !

— Ce n'est pas le moment, cela fait quelques jours que je te suis. Gaella m'a prévenue de ta mission suicide. Tu es en grand danger, Sheyla, il faut que je te prévienne que…

Avant de pouvoir finir sa phrase, il s'envole, projeté à travers la pièce.

— Sale petit morveux. Vous, les humains, vous vous croyez plus fort que nous avec vos potions. Mais tu vas mourir, mon cher.

Même si je vois flou, j'aperçois Louis attraper Darryl par la gorge.

— Darryl ! Non ! crié-je.

— Un dernier mot à dire à ta copine avant de mourir ?

— Sheyla, pardonne-moi ! Je t'aime.

Je vois Louis s'approcher de son cou. Il me semble qu'il lui plante ses crocs. Puis il recule et lui brise la nuque avant de le jeter au sol.

— Darryl, pourquoi ? demandé-je sans attendre de réponse.

Je pleure toutes les larmes qu'il me reste. Il s'approche de moi et s'accroupit.

— Oh, tu es triste pour ton ami ? Ne t'en fais pas, chérie, tu ne vas pas tarder à le rejoindre.

Il se relève et il se passe une chose à laquelle je ne m'attendais pas. Je vois deux hommes entrer et se battre contre Louis. À eux deux, ils le mettent à terre et lui arrachent la tête. L'un d'eux vient ensuite vers moi, mais je suis en train de perdre connaissance, je ne reconnais pas la voix et ne distingue pas tout ce qu'il me dit.

— Sheyla… va aller… fais pas… suis là.

Je le sens me détacher et me prendre dans ses bras alors que je glisse pour rejoindre mes parents et Darryl. On sort et je vois la maison prendre feu avant de perdre totalement connaissance.

*****

J'ouvre les yeux et aperçois une silhouette à mon chevet.

— Sheyla, comment te sens-tu ?

— Où suis-je ? J'ai mal partout… que… que s'est-il passé ? lui demandé-je.

— Sheyla, je t'ai ramenée. Tu as failli mourir. Mais qu'est-ce qui t'a pris d'aller voir Louis toute seule ? C'est un sadique sanguinaire ce vampire.

— Louis… Oh non ! Darryl ! Il est mort ?

— Oui, l'humain est mort. Je suis vraiment désolé, Sheyla. On est arrivé trop tard. Mais que faisait-il là-bas ?

— Il m'a suivie. Il voulait me dire que j'étais en danger. Mais il n'a pas eu le temps.

— Oh ! Si je peux faire quelque chose pour toi…

— Comment ça se fait que je sois encore en vie, Lucius ?

— Je suis incapable de te laisser mourir.

— Pourquoi ? De toute évidence je porte malheur. Toutes les personnes qui s'attachent à moi meurent. Et si tu continues, tu perdras la vie toi aussi !

— Il en faut un peu plus pour me tuer, beauté ! Allez, repose-toi maintenant, tu es encore très faible.

Il se lève pour partir, mais je lui attrape la main.

— S'il te plaît, Lucius, reste. Ne me laisse pas seule !

Je le tire contre moi, il résiste légèrement. Mes larmes commencent à couler toutes seules.

— S'il te plaît, ne m'abandonne pas toi aussi !

Sans dire quoi que ce soit, il s'allonge près de moi et me prend dans ses bras. Je pleure encore plus contre lui sans pouvoir cesser. Darryl est mort par ma faute. Tout ce temps, c'est lui que je sentais me suivre. Il voulait juste me protéger et me sauver, et moi, je l'ai mené droit à sa mort. Darryl est mort à cause de moi ! Comment me le pardonner ? Je pleure encore un bon moment dans les bras de Lucius, avant de m'endormir, épuisée.

Je ne sais pas combien de jours se sont écoulés depuis la mort de Darryl. Mais je me sens très faible et toujours aussi triste.

Je finis par me réveiller, Lucius est toujours allongé à mes côtés. Il regarde le plafond, soucieux.

— À quoi tu penses ? lui demandé-je.

— Sheyla ! Tu es réveillée !

— Comme tu peux le voir ! Sauf si je rêve encore.

Il est sur le dos, moi, tournée sur le côté, collée à lui. Je le fixe.

— Pourquoi tu me regardes comme ça, Sheyla ?

— À quoi tu penses ? insisté-je.

Il me fait son sourire en coin.

— Tu ne comptes pas me répondre ?

— Vous, les humains, vous ne lâchez jamais rien !

— Les autres, je ne sais pas. Mais moi, je suis têtue ! Quand je veux quelque chose, j'insiste toujours pour l'avoir !

— J'avais remarqué ! Mais la prochaine fois que tu vas voir un sadique sanguinaire, préviens-moi.

— Aurais-tu peur de me perdre, Lucius ?

Je lui lance cela sur le ton de la plaisanterie, mais ça ne le fait pas rire. Au contraire, il s'énerve. En une fraction de seconde, il est sur moi à me bloquer le corps.

— Tu crois que tout cela est un jeu, Sheyla ? Je t'ai retrouvé dans un état lamentable. Tu étais presque morte. Trouves-tu cela amusant ? Tu crois que j'en ai ri et que cela m'a fait plaisir de te voir ainsi ? J'aurais pu te perdre !

— Je ne pensais pas que tu…. Enfin, je….

— Ne te jette plus jamais comme ça dans l'inconnu. Si tu veux mettre fin à tes jours au pire, fais-toi transformer en vampire. Mais si ton souhait est de rester une humaine en vie, arrête tes idioties ! Pense un peu à moi. Qu'aurais-je fait si je t'avais perdue ? Tu ne te rends pas compte de ce qui a failli se passer.

On se regarde quelques secondes sans rien dire.

— La prochaine fois, s'il le faut, je t'attacherai au lit !

En me disant cela, il s'est rapproché de moi. Il est à deux doigts de m'embrasser, il fixe mes lèvres. Il s'arrête net puis recule légèrement. Il est toujours sur moi.

— Je te rappelle que si tu ne m'avais pas mis hors de moi… commencé-je à lui dire.

— Quoi ? Tu ne serais pas partie ! Tu aurais trouvé une excuse pour partir de toute façon !

Il a raison, je suis têtue et je fais toujours ce que je veux. À ce moment précis, l'avoir comme cela sur moi, dans son lit, fait monter mon désir pour lui. Je repense à notre première fois ensemble.

— Qu'attends-tu de moi, Sheyla ? me demande-t-il en me regardant.

En me posant la question, ses yeux ont changé de couleur et je suis emportée dans un flot d'excitation incontrôlable. Je l'attrape par son tee-shirt et le tire vers moi afin de l'embrasser. Il se laisse faire et me rend volontiers mon baiser. Il s'est détendu, enfin pas entièrement, car sous la ceinture il est plus dur que la roche. Cette fois-ci je prends les devants et glisse ma main jusqu'à son boxer et lui saisit son engin, le caressant en faisant des va-et-vient, il ne tient pas longtemps avant de m'arracher ma culotte et me pénétrer au plus profond de moi. Cette fois encore, c'est un délice sans nom. Comme si c'était la première fois pour nous deux. Je sens chaque parcelle de son anatomie se délecter de notre acte si puissant, je me cambre de jouissance sous chacun de ses assauts, je n'arrive même plus à penser par moi-même, tellement c'est encore plus jouissif que la dernière fois. On explose en même temps, en symbiose. Je suis dans tous mes états, ma raison est morte en même temps que l'orgasme surréaliste qu'il vient de me donner. Je comprends à présent ce que l'expression grimper au septième ciel veut dire. Lui donnant un dernier baiser sensuel, il se couche à mes côtés et je m'endors dans ses bras, complètement épuisée et épanouie.

En me réveillant, je me sens plutôt bien et reposée, enfin. Pourquoi je me sens aussi détendu et en sécurité près de Lucius ? Je dors tellement bien à ses côtés. En tournant la tête, il n'y a personne. Je n'ai pour seul vêtement que mon haut encore déchiré, en voyant le L sur ma poitrine je me remémore tous les événements passés, la mort de Darryl, la mort de Louis, Lucius me sauvant et moi sautant sur Lucius… Et merde on l'a encore fait ! Mais ce n'est pas vrai, je n'arrive même pas à me contrôler avec lui ! Je finis par me lever et vois que ma petite culotte est posée sur la chaise avec mon pantalon et une chemise propre de Lucius. Je passe les vêtements et vais dans la pièce d'à côté, Lucius est appuyé à une fenêtre.

— Tu peux m'expliquer pourquoi on a encore couché ensemble, Lucius ?

Il se retourne. Il est soudainement si froid et distant avec moi.

— Qu'est-ce que cela peut te faire, Sheyla ?

— Je veux savoir ? insisté-je.

— Pourquoi ? Ton objectif c'est Julian, non ?

— Lucius ! Réponds-moi ! dis-je d'un ton ferme.

— Je croyais que je n'étais qu'un vampire stupide !

Je m'approche de lui plus déterminée que jamais.

— Réponds-moi ! ordonné-je.

— Cela ne te servira à rien de le savoir. Tu devrais oublier ce qu'il s'est passé.

— Réponds-moi, Lucius.

— Cela n'a plus d'importance.

— Réponds-moi ! lui crié-je.

— Parce que je ne suis qu'un vampire !

En me disant cela, il m'a plaquée contre le mur. Il me fixe, énervé et blessé. Son visage est tendu. Il arbore un air très sérieux. Puis soudain je vois son visage se détendre et ses yeux changent encore de couleur. Il me lâche et baisse les bras.

— Que veux-tu vraiment, Sheyla ?

Je ne sais pas pourquoi, mais à cet instant, j'ai une grosse envie de l'embrasser. Je me laisse submerger par mes émotions et lui saute dessus. Il est surpris, mais se laisse faire et me rend mon baiser. Je ne peux pas m'en empêcher, je suis attirée par lui, comme aimantée, c'est ma drogue, j'en ai besoin. Mais soudain, il m'arrête et recule violemment à l'autre bout de la pièce.

— Je ne peux pas, je suis désolé, Sheyla. Plus comme ça. J'ai perdu le contrôle déjà deux fois malgré moi. Je n'aurais pas dû.

À ces mots, je reprends mes esprits.

Mais qu'est-ce qu'il m'a pris ? Pourquoi l'ai-je embrassé ? Que s'est-il passé ? pensé-je.

— Lucius, que m'as-tu fait ?

En lui disant cela, je m'approche de lui.

— Écoute, Sheyla, je ne sais pas ce qu'il s'est passé. Je n'aurais pas dû. Désolé.

— Mais pourquoi je t'ai embrassé ?

— Sheyla, écoute-moi !

— Très bien, dis-moi à quoi tu joues depuis que je suis ici ?

— Je ne sais pas, Sheyla.

— Lucius ! m'écrié-je.

— Tu veux la vérité, très bien. La vérité c'est que je perds tout contrôle près de toi.

— C'est pour ça que tu leur as dit que j'étais « *tienne* » l'autre jour à ses deux vampires ?

— C'était pour te sauver la vie, Sheyla ! Il faut que tu saches que je ne suis pas vraiment chasseur, mais eux… ils t'auraient déchiquetée en prenant leur pied. En leur disant cela, je leur ai fait croire que tu étais ma…

— Ta quoi, Lucius ?

— Tu vas me tuer !

— Si tu ne me le dis pas, Lucius, là, je vais te tuer.

— Très bien, mais tu ne vas pas aimer. Alors, ne viens pas te plaindre après.

— Lucius !

— Je leur ai dit que tu étais ma promise !

— Ta quoi ? Non, mais je rêve.

— Je voulais te protéger. Et leur faire croire que tu étais ma promise était la seule solution.

— Ah oui, vraiment ?

— On a une règle.

— Très bien et laquelle ?

— Lorsque l'on choisit une humaine, personne n'a le droit de s'en nourrir.

Je ne sais pas comment réagir, j'ai envie de le tuer et de le remercier. Je ne peux que lui mettre une droite qui le fait reculer, mais il se laisse faire.

— Désolé, mais il fallait que ça sorte, lui dis-je.

— Ce n'est pas grave. Je ne t'en veux pas.

— Lucius, je veux savoir. Pourquoi on s'est embrassés plusieurs fois ? Pourquoi je ne peux pas te dire non ? Pourquoi j'ai tout le temps envie de toi et pourquoi je t'ai cédé ?

— Ça, je ne peux me résoudre à te le dire !

— Lucius, dis-le-moi !

— C'est pire que ce que tu peux imaginer.

— Mon Dieu, mais qu'est-ce que j'ai fait pour tomber sur un vampire pareil !

— Je ne peux pas te le dire, Sheyla. Pense à Julian, c'est lui ton but.

— C'est ainsi que tu vas clôturer la question ?

— Non, bien sûr. Essaie de me comprendre, je ne me suis jamais retrouvé aussi longtemps en compagnie d'un humain donc je pense que... que tu as réveillé quelque chose en moi ! Plus je demeure près de toi et plus tu... c'est compliqué à expliquer.

— C'est flatteur, mais cela me fait tout de même un peu peur. Qu'est-ce qui me dit que tu n'en voudras pas plus, comme me vider jusqu'à ce que je rende mon dernier souffle ?

— Car j'ai besoin de toi en vie ! Cela devrait te suffire, non ?

— Peut-être oui ! Je ne sais pas encore ! lui dis-je soucieuse.

— Sheyla !

— Non ! Tais-toi ! Je ne veux plus t'entendre. J'ai besoin de prendre l'air. Non, mais je te jure, j'aurais tout vu !

Je rejoins l'extérieur. Je dois l'avouer je ne sais plus où j'en suis. Je pense à Julian et je veux le sauver, mais pourquoi Lucius obsède mes pensées ? Que m'arrive-t-il ? Je prends une grande inspiration puis expire. En me rapprochant de la grotte, j'entends Lucius se parler à lui-même.

— Mais quel idiot ! Pourquoi faut-il que ça m'arrive à moi ? Pourquoi elle ? Faites que Julian ne l'apprenne pas, sinon je suis foutu ! Et il faudrait aussi que je me taise à son sujet, car si elle apprenait ce qu'il est par un autre que lui, il me tuera aussi pour cette raison ! Décidément, cette fille va vraiment finir par avoir ma peau avec tout ça ! Vivement qu'on en finisse avec toute cette histoire, que je garde au moins ma tête ! J'espère ne plus entendre parler d'elle après, sinon il me restera le suicide ! C'est possible au moins ?

À ce moment-là, je suis attrapée par deux gros bras et en un éclair je me retrouve face à Lucius sans pouvoir bouger, tenue fermement. Ils se ressemblent beaucoup. Tous deux sont très grands et costauds, aux yeux bleus. La seule différence réside dans la couleur de leurs cheveux, l'un est blond, l'autre, brun.

— Pourquoi veux-tu te suicider mon frère ? demande le blondinet.

— Oh, Dyronne et Crynone ! Mais que faites-vous avec Sheyla ?

— Salut, mon frère, alors comment vas-tu ? lance le deuxième.

— Lâchez Sheyla, les gars ! Tout de suite ! leur ordonne Lucius.

Ils s'exécutent.

— Je vous laisse vous retrouver. Jules arrive, je vais le réceptionner dehors, leur dis-je.

— Très bien. Appelle-nous s'il y a d'autres vampires, ajoute Lucius.

Je sors à nouveau prendre un bain de soleil afin de penser à Julian. Mais je ne peux m'empêcher de les écouter.

— Sympa cette Sheyla, c'est qui ? Le casse-croûte ?

— Non, Dyronne, c'est elle, la copine de Julian ! lui répond Lucius.

— Apparemment tu vas mal mon frère ? On t'a entendu râler avec Dyronne. Tu veux vraiment te suicider ?

— Je commence à y penser, oui, c'est parce que je me suis retrouvé coincé par cette humaine, déclare Lucius.

— Coincé ? Comment ça ? questionne un des deux.

— Je crois que c'est ma Ceantaglán, lance Lucius.

— Qui, Sheyla ? demande l'autre.

— Oui je sais. Je ne devrais pas. Mais je n'y peux rien, avoue Lucius.

— Tu en es sûr ? Après, ce n'est pas comme si tu l'avais touchée ou marquée ! ajoute l'un.

Je n'entends plus rien. Mais c'est quoi un Ceantaglán ? Il m'en a parlé l'autre jour, mais je ne sais toujours pas ce que c'est !

— Non, mais tu es fou, Lucius ! Qu'est-ce qu'on va dire à Julian ? Il sentira ton odeur sur elle !

— Dyronne a raison, mon frère ! Tu ne pouvais pas te retenir ?

— Déjà, vous allez baisser d'un ton avec moi ! Dois-je vous rappeler à qui vous parlez ! ordonna Lucius.

— Pardon, Lucius, dirent-ils en chœur.

— Nous avons été attiré l'un par l'autre et quand j'ai utilisé mes dons sur elle, elle a…

Je le savais, il a utilisé ses pouvoirs sur moi ! Je vais le tuer ! murmuré-je à voix basse.

— Elle a été réceptive ? demande l'un.

— Oui ! C'est pour cela que je n'ai pas pu résister. Vous savez comment fonctionnent mes dons.

— Écoute Lucius, ce sera à elle de choisir, lui rétorque l'autre.

Je finis par entrer.

— Qu'est-ce que je vais devoir choisir ? questionné-je.

Ils se retournent tous les trois sur moi sans dire un mot.

— Vous êtes bien calmes pour des vampires ! C'est assez flippant.

— Il est vrai que tu as bonne odeur ! me flatte le blondinet.

— Merci du compliment, je vous le retournerais bien, mais l'odeur de la cendre et du brûlé mélangé au sang frais n'est pas ce que je préfère ! Au fait, vous êtes ?

— Moi, c'est Crynone, répond le blond. Et lui, c'est mon frère Dyronne.

— Il te faudra pourtant t'y habituer ! me dit Dyronne.

— Elle ne sait rien au sujet de Julian ! lui chuchote Lucius.

— Oh, très bien dans ce cas, je me tais.

— De quoi parlez-vous tout bas ?

— De choses de vampire, Sheyla, c'est tout ! Au fait, tu ne devais pas attendre Jules dehors ?

— Pourquoi, je te dérange, Lucius ? lui dis-je en insistant sur son nom afin qu'il comprenne que je fais allusion au baiser.

— Non, pas du tout. Tu peux l'attendre ici. Des nouvelles de Julianna ? demande Lucius aux garçons.

— Et si on vous laissait tous les deux discuter. Nous on va attendre dehors pour réceptionner Jules et les autres ! déclare Crynone.

Lucius et moi, nous nous fixons sans répondre. Crynone et Dyronne sortent.

— Tu leur as dit ce qu'il s'est passé entre nous Lucius, n'est-ce pas ?

— Pas besoin, ils ont compris tous seuls.

— Lucius, tu m'énerves ! Je ne veux plus jamais entendre un mot sur ce qu'il s'est passé. D'ailleurs, il ne s'est rien passé. J'aime Julian et toi Dailana. On va les sauver et finir notre vie avec eux. Toi et moi, n'existera jamais ! Est-ce compris ?

— Bien, comme tu voudras, dit-il d'un ton de déception.

Il me regarde anéanti et moi, je me sens assez mal. Mais mon destin est de sauver Julian et d'être avec lui. Et puis je sais que Lucius m'a hypnotisée, il a dit lui-même qu'il avait utilisé ses pouvoirs sur moi, donc rien de tout cela n'est vrai. J'aime Julian et c'est lui que je veux…

Nous sommes interrompus par Crynone et Dyronne, qui reviennent avec Jules, Julianna et Cyrianna. À notre plus grande surprise, Brianna est là elle aussi. Julianna ressemble beaucoup à Dailana. Blonde, de taille moyenne, avec des yeux bleus.

— Désolé de vous déranger, mais ils sont arrivés, nous dit Crynone.

— Et si vous nous exposiez votre plan ? nous lance Dyronne.

Lucius et moi finissons par nous détourner l'un de l'autre avec un pincement au cœur. Puis on commence à leur expliquer tout le plan. Ils acquiescent tous jusqu'à…

— Non, mais ça ne va pas toi, tu es suicidaire ? Lucius fait quelque chose, gronde Dyronne.

— Et que veux-tu que je fasse ? Elle est têtue et a déjà pris sa décision.

— Mais elle va mourir ! Tu ne peux pas la laisser faire !

— Bon écoute… Dyronne, c'est ça ? lui demandé-je.

— Oui pourquoi ?

— Je n'ai pas besoin de l'approbation de Lucius. Je suis une grande fille et je fais ce que je veux de ma vie. Et puis si je meurs, vous serez tous épargnés et débarrassés de moi ! Donc, reste à ta place, lui lancé-je.

— Non, mais pour qui tu te prends ? Salle petite humaine, je me retiens de ne pas te déchiqueter, car j'apprécie beaucoup Lucius, mais ne me pousse pas à bout ! me rétorque Dyronne.

— Oh, mon Dieu, j'ai peur ! dis-je ironiquement. Écoute, tu n'es pas le premier vampire à me menacer. Donc, fais la queue, comme tout le monde. Tu n'es pas une exception.

— Toi, t'es morte !

— Prends un ticket, Dyronne. Dailana à la priorité.

— Dis-moi, Lucius, elle me plaît bien ton humaine ! s'exclame Crynone.

— Je… ne… suis… pas… son… humaine ! Compris ? m'énervé-je.

— Mais c'est qu'elle mord la tigresse ! ajoute Crynone.

Je n'ai pas le temps de répliquer, Lucius me prend de force et m'entraîne en un éclair dans sa chambre. Il se plante devant moi et me regarde dans les yeux tout en me tenant par les épaules.

— Sheyla, s'il te plaît, calme-toi. Dyronne est provocateur, il est comme ça. Pense à Julian. On le libère et tu seras débarrassée de tous ces vampires. C'est bien ce que tu veux, non ?

— Lucius, ton pote m'agace !

— Il faut vraiment que tu te calmes, beauté.

— Je te jure, je vais le tuer.

— Défoule-toi sur moi, mais pas sur lui.

Il me tient et ça m'énerve encore plus, lorsqu'il me lâche, je lui envoie une autre droite. Je regrette aussitôt mon geste, car il n'était pas fautif cette fois.

— Lucius, je suis désolée.

— Ce n'est rien, Sheyla. Tu frappes vraiment fort pour une femme. Cela fait longtemps que tu t'entraînes ?

— Cinq ans, pourquoi ?

— Ça se sent.

— Pardon, Lucius.

Je m'en veux tellement que je lui caresse la joue et l'embrasse quelques secondes seulement.

— Ne va pas te faire des idées. C'est une façon de m'excuser.

— Je sais que Dyronne est exaspérant, mais il est comme ça. Il faut que tu apprennes à te contenir, Dailana est bien pire.

— On se demande donc bien ce que tu lui trouves à celle-là ? Tu veux vraiment passer ta vie avec une tueuse sanguinaire qui n'a d'yeux que pour un autre ! Et avec un sale caractère en plus !

Il recule, peiné par mes paroles.

— Non, Lucius, je ne… ce n'est pas ce que je voulais dire. C'est la colère qui m'a fait parler.

— Peut-être, mais c'est vrai ce que tu dis. Je risque de passer l'éternité avec une femme qui ne m'aime pas.

— Lucius, tu finiras par trouver ton âme sœur, j'en suis sûre. Tu es quelqu'un de bien !

— Non, je ne le suis pas, Sheyla. Et puis de toute façon, voir la femme que j'aime en aimer un autre, c'est ma destinée donc…

— Mais non, pourquoi tu dis ça ?

— Pour rien ! Bon, on retourne là-bas et tu ne calcules plus Dyronne.

— Très bien ! On peut y aller.

On retrouve les autres. Je suis calmée, mais j'ai hâte de me débarrasser d'eux !

— Vous êtes sûre que ma sœur a fait un pacte avec Drenane ? demande Julianna.

— On en est presque sûr. Mais notre but est de se débarrasser de Fernand et Drenane. On aura ainsi la paix, répond Lucius.

— Julianna, Lucius a raison. Si on peut se débarrasser de ces monstres, autant essayer, ajoute Cyrianna.

— Très bien, allez chasser. Jules reste avec moi. On doit localiser Julian, lancé-je.

Ils se tournent tous vers Lucius qui acquiesce d'un signe de tête. Ils s'en vont donc tous, Lucius en dernier. Il jette un regard vers moi au moment où je fais de même. Ce qui me fait baisser les yeux. Je me rapproche de Jules.

— Bon ! On doit parler toi et moi ! Pourquoi tu m'as menti, Jules ? dis-je sur un ton ferme et autoritaire.

— Comment ça ?

— Tu m'as dit que j'étais la seule à pouvoir retrouver Julian. Mais tu es télépathe, tu sais où il est !

— Oh, euh… oui, mais…

— Crache le morceau ! Je n'ai plus beaucoup de patience, le menacé-je.

— Écoute, Sheyla. Julian est blessé, il est retenu en otage par Dailana et Drenane. Pour le sauver, il nous fallait une équipe et un plan.

— Pourquoi ne pas me l'avoir dit tout de suite ? On aurait monté tout cela ensemble !

— Disons que je ne suis pas une flèche niveau réflexion ! Je n'y ai pas pensé.

— Tu es un piètre vampire dis-moi, le taquiné-je.

— Oui je sais, et pas très courageux en plus.

— Ne dis pas cela, Jules ! Tu es là, non ?

— Oui, mais… j'ai beaucoup hésité.

— Et qu'est-ce qui t'a fait changer d'avis ?

— Toi, Sheyla !

— Moi ! Mais pourquoi ?

— Sheyla, tu es si courageuse et impressionnante !

— Jules, je ne suis pas courageuse. Je suis stupide et imprévisible.

— Mais tu as eu le cran de faire ce que moi je n'ai pas osé !

— Écoute, Jules. J'agis sans réfléchir. Je fonce tête baissée, car je n'ai plus rien à perdre. Toute ma famille est morte. Donc si on échoue, je me sacrifierai s'il le faut pour vous sauver.

— Tu es prête à te sacrifier pour sauver des vampires ?

— Pourquoi tu es étonné ? Vous êtes tous prêts à risquer votre vie pour m'aider ! Je ne vois aucune différence.

— Je comprends mieux maintenant pourquoi Julian est tombé amoureux de toi ! Tu es vraiment quelqu'un d'extraordinaire, pour une humaine !

— Merci, c'est vraiment gentil !

— J'espère une seule chose pour toi, Sheyla.

— Quoi donc ?

— C'est qu'au bout du compte, peu importe ce qu'il se passera là-bas, je souhaite que tu trouves le bonheur.

— Tu es adorable, Jules. On pourra rester amis si tu veux, j'aime parler avec toi ! Tu me rappelles un peu ma grande sœur.

— Merci, je veux bien. Bon, je vais me mettre au travail, car ils bougent beaucoup.

— Tu penses qu'on pourra le trouver avant qu'ils ne se déplacent à nouveau ?

— Oui ! Ils changent de repaire que tous les six ou sept jours environ, et là, ils sont déjà partis cette nuit, donc une fois posés, on aura quelques jours pour les rejoindre.

— Très bien, je vais prendre l'air cinq minutes, je reviens.

Une fois dehors, je tombe nez à nez avec Crynone. Il me fait sursauter.

— Pardon si je t'ai fait peur, Sheyla !

— Ce n'est rien, tu m'as juste surprise.

— Tu veux qu'on parle ? Tu n'as pas l'air bien ! me propose-t-il.

— Tu as l'air moins méchant que ton frère !

— Oh ! Ne le crois pas ! Je suis juste moins impulsif !

— Dois-je avoir peur de toi ?

— Non, tu appartiens déjà à quelqu'un. Tu es comme promise à lui donc je ne te ferai aucun mal.

— Merci, c'est gentil.

— Sheyla, je peux te dire une chose ?

— Je t'écoute, Crynone !

Il me prend par le bras et me tourne face au champ. Il y a un petit cours d'eau.

— Tu vois ce cours d'eau, Sheyla, il coule vers le sud. Qu'il vente, qu'il pleuve, qu'il grêle ou autre, il ira toujours vers le sud. Tu auras beau le remonter ou le traverser, cela fait des siècles qu'il va vers le sud et ce sera ainsi jusqu'à ce qu'il disparaisse.

— D'accord ! Mais que dois-je comprendre ?

— L'amour, c'est pareil, Sheyla !

— Je ne te suis pas, Crynone.

— Écoute, une fois là-bas, tu entendras beaucoup de choses qui vont te perturber et même peut-être te choquer. Mais sache une chose, peu importe ce que tu décideras de faire ou non, que tu le veuilles ou pas d'ailleurs. C'est l'amour, le vrai, qui triomphera ! Et tu finiras avec celui qui t'es destiné ! Même si cela chamboule tout dans ta tête.

— En es-tu sûr ? Comment savoir que Julian est mon véritable amour ?

— Ne t'en fais pas, Sheyla, lorsque tu seras avec la bonne personne, tu le sauras. On dit que tu ne peux pas lui résister, il hante tes pensées, il te fera craquer à chaque fois, il te rendra plus forte et en même, tu seras faible face à lui.

— Crynone, tu crois vraiment en l'amour toi ?

— Crois-moi, peu de gens font leur vie avec la personne qui leur est destinée, donc lorsqu'on l'a enfin trouvée, mieux vaut tout faire pour la garder !

— Ma mère me disait toujours que l'amour était à la fois, la plus belle chose sur terre et la plus douloureuse. Mais que l'amour valait la peine que l'on se batte pour lui, car si l'on ne prend jamais de risque en amour, alors pour quelle raison en prendre !

— Ta mère devait avoir trouvé son âme sœur !

— Je ne sais pas, mais mon père et elle étaient vraiment fusionnels.

— Ta mère n'avait pas tort, Sheyla ! Alors, bats-toi pour la personne que tu aimes vraiment ! Car il en vaut la peine !

— Tu as raison, Crynone.

À ce moment-là, Lucius apparaît. Il regarde Crynone, puis moi.

— Je vais vous laisser deux minutes et voir si Jules les a trouvés, annonce Crynone.

— Écoute, Sheyla, je sais que tu en as marre de tous ces mensonges, de toutes ces phrases qui n'ont aucun sens, de toutes tes questions sans réponses, mais il faut que tu saches et comprennes une chose !

— Très bien, laquelle ?

— Une fois là-bas, tu vas avoir beaucoup de révélations et tu comprendras enfin tout. Mais je veux être sûr que…

— Que quoi, Lucius ?

— Si pour n'importe quelle raison tu craques et que tu as besoin de parler, tu pourras venir ici. Ma porte te sera ouverte.

— Pourquoi tu fais ça ? Je ne suis rien pour toi !

— Sheyla, je....

Je le vois hésiter, mais il se reprend.

— Sheyla, je serais toujours là pour toi et je te protégerai quoi qu'il arrive.

— Mais j'aurais, Julian !

— Je serai quand même là si tu as besoin. C'est tout !
Ne l'oublie jamais.

— Merci, Lucius !

— À ton service, beauté.

Lucius m'offre un sourire compatissant, puis me fait
signe d'entrer.

— J'ai besoin de prendre cinq minutes seule, d'accord !
lui dis-je.

Il entre et tous les autres arrivent et le suivent. Je
marche deux minutes et m'assois sur un rocher. Mais que
m'arrive-t-il ? Julian, pourquoi m'as-tu entraîné dans tout
cela ? Darryl, pourquoi m'as-tu suivie ? Que ce serait-il
passé si j'étais sortie avec Darryl ? Je serai avec lui, loin
de tout cela aujourd'hui ! Darryl, tu me manques
tellement ! Lilia, Papa, maman et toi aussi Noémie, vous
me manquez tellement ! Toutes ces personnes que j'aimais
tant sont toutes mortes ! Je pleure lorsque soudain, je sens
deux mains se poser sur mes épaules.

— Écoute, Sheyla, je sais que ça a été très dur pour toi !
Mais je ne te laisserai pas tomber.

— Je sais, Lucius !

— Allez, viens, Mademoiselle-je-sais-tout ! On a besoin
de ton génie dedans !

— C'est gentil, lui dis-je en souriant.

— Ah, je te préfère comme ça !

Je me lève, il me regarde et essuie mes larmes. Il me
caresse la joue tendrement puis recule et me tend la main.
Je le suis et nous rejoignons les autres.

Chapitre 14

— Je suis prêt ! nous confirme Jules. Je sais où ils sont. Nous avons un jour de marche.

— Un jour de marche humaine ou de marche vampire Jules ?

— De marche humaine, Crynone. Si on part maintenant on pourra passer la nuit dans une cabane abandonnée.

— J'ai une question ?

— On t'écoute, Sheyla, me répond Jules.

— Comment faites-vous pour marcher en plein jour ? Je sais qu'il ne fait pas souvent grand soleil ici à Cleevhock, c'est même pour cela qu'elle a été baptisée la ville vampire, mais quand même !

Tous me regardent comme si je ne devais pas savoir.

— On peut lui dire. Elle ne le dira à personne, on peut avoir confiance en elle, déclare Lucius.

— Oui et puis ça devrait lui servir pour la suite ! ajoute Crynone.

— Crynone, tais-toi, ordonne Lucius.

— Mais, Lucius ! continue Crynone.

— Bon je peux savoir à quoi vous jouez tous les deux ?

— Rien, Sheyla ! me répond Lucius.

— Écoute, les vampires peuvent sortir en plein jour. Mais nous évitons le soleil, car il nous affaiblit, finit par m'avouer Jules.

— Pourquoi ce n'est pas écrit dans les légendes ?

— Il faut bien que l'on garde un peu de mystère autour de nous, ma belle ! ajoute Crynone.

— Mais comme tu sais beaucoup de choses sur les vampires, une information supplémentaire peut t'être utile ! me dit Lucius.

— Que vous êtes mignons à discuter ! On peut y aller maintenant ? demande Dyronne.

— Jules, montre-leur par télépathie où se trouve la cabane abandonnée. Comme ça, vous irez là-bas à pas de vampires et vous nous y attendrez. Jules et moi marcherons à pas d'humain avec Sheyla. Il vous tiendra informé de notre avancée, ordonne Lucius.

— Je reste avec vous, annonce Crynone.

— Comme tu veux, lance Lucius.

Jules s'exécute et montre à tous le chemin et la cabane abandonnée. Ils acquiescent et partent.

— Sheyla, viens avec moi, je vais te donner tout ce qu'il faut pour prendre une douche. Tu ne dois pas te sentir très à l'aise ! Je pense que cela te fera du bien. Après tu mangeras et on pourra partir ! m'ordonne Lucius.

— Merci ! C'est gentil, mais ne prends pas tes airs de petit chef avec moi. Je ne suis pas un vampire, je n'ai pas à t'obéir ! lui réponds-je.

— Crois-moi, je le sais que tu n'en fais qu'à ta tête et que tu n'obéis à personne. Tu viens, s'il te plaît ?

— Je préfère ça ! lui dis-je satisfaite.

— Non, mais sérieux, qu'est-ce qu'il ne faut pas faire pour que tu prennes une douche ! Bon, tu viens, Princesse ! ajoute amusé Lucius.

Je le suis en rigolant. Sous le regard amusé de Crynone et Jules. Lorsqu'on sort de la pièce, on les entend éclater de rire. On traverse sa chambre pour arriver à la salle de bains.

— Au moins, on les fait rire ! le taquiné-je.

— Normal, un vampire de mon grade se faisant mener à la baguette par une humaine, il y a de quoi rire ! ajoute-t-il légèrement agacé.

— De ton grade ?

— Laisse tomber, Sheyla. Tiens, une serviette, un gant, là, tu as de quoi te laver et quand tu auras fini, mets tout dans la panière ici !

— Dis-moi, Lucius, tu as des manières très humaines quand même !

— Je ne suis pas né vampire, tu sais ! Et puis, certains d'entre nous sont restés civilisés ! Bon je te laisse, je vais me changer. Au fait, il n'y a pas de porte, étant donné que je vis seul, mais je t'ai accroché un rideau pour fermer et avoir de l'intimité.

— Merci, Lucius ! lui réponds-je touchée par ce geste.

Il me fait un léger sourire, me regarde de haut en bas, s'arrête sur mes lèvres et sort. Je commence à fermer le rideau lorsque je le vois se déshabiller. Je laisse juste un petit interstice afin de pouvoir jeter un coup d'œil. Tout en le regardant enlever ses vêtements, je ne peux m'empêcher d'avoir envie de plus.

Il est en boxer à présent, et je sens le désir monter encore en moi. Au moment où il se retourne, je vois son torse musclé. Il lève les yeux et je me cache derrière le rideau. M'a-t-il vue ? Je ne sais pas lorsque soudain je suis plaquée contre le mur de la salle de bains.

— À quoi tu joues, Sheyla ? Si tu me veux nu contre toi, tu n'as qu'à demander et tu le sais.

Mon Dieu, je le veux encore une fois, mais pourquoi ? Pourquoi je suis accro à cet homme ? Après une fois de plus ou de moins, cela ne changera pas grand-chose. Et il fait l'amour tellement bien, comment lui résister ?

— Ne joue pas à ça avec moi, Sheyla, tu sais très bien que j'ai tout le temps envie de toi !

Je vois encore ses yeux changer de couleur et sans chercher à comprendre, je lui saute dessus. En moins de cinq secondes, on est sous la douche avec l'eau qui coule sur nous. Il me prend les poignets et les bloque au-dessus de ma tête d'une seule main, l'autre parcourt mon corps. Il me caresse la poitrine et arrache mes vêtements les uns après les autres sans cesser de m'embrasser. Entièrement nue devant lui, il recule et m'observe de la tête aux pieds.

— Tu es la femme la plus magnifique que je n'ai jamais vue. Et tu es la seule qui me fasse cet effet.

— Prends-moi, Lucius, j'ai envie de toi !

Il m'embrasse puis me lâche les mains afin de me soulever du sol, il me plaque toujours contre la paroi de la douche et là, il fait glisser son boxer et me pénètre d'un coup sec et violent. Il déclenche en moi un torrent de passion encore plus violent qu'à son habitude. Seigneur, mais cet homme me rend complètement folle ! C'est inhumain ce qu'il arrive à me faire tellement c'est divin, je suis complètement accro à lui et son corps si parfait. Telle une comète de jouissance s'écrasant sur moi, je ne peux me retenir davantage et lui cède tout entière. Ses va-et-vient deviennent de plus en plus fort.

— Mon Dieu, Sheyla, mais qu'est-ce que tu fais de moi, beauté ?

On est là, sous la douche, à se fixer sans comprendre ce qu'il se passe entre nous. Il me pose délicatement en me donnant un doux baiser. Il finit par prendre sa douche sous mon regard ébahi. Je me délecte de le voir se savonner son corps si parfaitement sculpté en me demandant comment je vais pouvoir me passer de cela à l'avenir. Puis il sort de la douche un sourire aux lèvres.

— Lave-toi, je vais te chercher des vêtements en état.

Sans même réaliser ce qu'il vient de se passer, je me fais couler l'eau glacée dessus afin de calmer le feu qu'il a éveillé en moi. Mais pourquoi me fait-il un tel effet ? Je n'arrive pas à lui dire non ! Je couche avec lui alors que Julian est mourant quelque part. Honte sur toi, Sheyla !

Une fois apaisée, je sors de la douche et vois des vêtements sur la chaise. Après m'être habillée, j'avance doucement vers les autres, car je les entends parler.

— Tu en as mis du temps pour revenir, Lucius ! lance Jules.

— Alors, ta douche avec Sheyla était aussi bonne que ce que l'on a entendu ? plaisante Crynone.

Lucius ne répond pas. Merde alors, ils nous ont entendus ! En même temps s'il ne me faisait pas crier aussi fort…

— Elle est plutôt pas mal pour une humaine ! Et elle a l'air très intelligente. C'est une fille qui sait réfléchir en tout cas !

— Non ! Tu as tort, Crynone ! Ce n'est pas une fille ! Sheyla, c'est une femme ! Et une femme magnifique ! conteste Lucius.

Je l'avoue, cela me touche. C'est la première fois que quelqu'un me voit comme une femme et non comme une gamine !

— Une femme… tu en as eu la confirmation sous sa douche ? le taquine Crynone en rigolant.

— Je ne te permets pas de me parler ainsi ! Oublierais-tu à qui tu t'adresses ? Cela suffit ! ordonne Lucius.

— Pardonne-moi, Lucius ! C'est juste que personne ne t'a jamais vu faiblir devant une femme ! Et encore moins, une humaine. Même si c'est ta… enfin tu vois de quoi je parle !

— Oui, Crynone ! Je sais, mais je perds tout contrôle avec Sheyla !

— Lucius, Sheyla connaît-elle ton identité ? Et ton grade ? demande Jules.

— Non ! Je lui dirais, peut-être plus tard. En temps et en heure. Lorsque cela sera nécessaire ! Et je vous ordonne de vous taire !

— À tes ordres, Lucius ! répondent-ils ensemble d'un ton solennel.

— Lucius, que vas-tu faire par rapport à Julian ? demande Jules.

— Je la laisserai choisir et accepterai sa décision ! dit-il sur un ton ferme, mais je sens sa peine.

La conversation de ces trois-là a éveillé de nouvelles questions en moi ! Pourquoi autant de mystères ? J'ai tellement hâte que tout me soit révélé.

Je me décide à me montrer lorsque Lucius apparaît et se heurte à moi.

— Sheyla, que fais-tu ?

Je suis dans ses bras et lui comme moi n'avons qu'une seule envie, mais je ne dois plus me laisser diriger par mes appétits charnels. Je dois plutôt me fier aux sentiments que j'ai pour Julian.

— J'avais fini, Lucius. Je vous rejoignais.

— Bien ! Viens manger un morceau. Ensuite nous partirons, m'ordonne-t-il.

— Lucius, ne prends pas ce ton autoritaire avec moi. Je ne suis pas à tes ordres !

— Je ne le sais que trop ! Tu viens ? S'il te plaît.

— Bien sûr, Lucius, demandé si gentiment, lui dis-je sur un ton légèrement moqueur.

Je le regarde avec un sourire de fierté, ce qui l'amuse quelque peu. Il se retourne et je le suis. Je m'installe ensuite sur la chaise pour manger quelques fruits.

— Moi il y a une chose qui me tracasse, Lucius !

— Quoi donc, Crynone ? demande-t-il exaspéré.

— Comment se fait-il que Sheyla soit la seule à ne pas se plier à ton autorité ?

— Parce que c'est une humaine. Et que les humains n'en font qu'à leur tête ! répond Lucius.

— Pourtant, tu arrives à les plier à ta volonté, les humains, habituellement ! ajoute Crynone.

— Sheyla n'est pas comme les autres ! Elle est têtue comme une mule ! lance Lucius en me regardant.

— Tu sais ce qu'elle te dit la mule ? lui envoyé-je.

— Tu es insupportable ! me lance Lucius.

— Tu ne disais pas cela sous la douche, Lucius ! Vivement que tout ça soit fini, lui rétorqué-je.

— Si tu ne veux plus me voir pourquoi m'avoir laissé te prendre sous ta douche ?

Il me regarde avec un grand sourire et je ne sais pas quoi lui répondre tellement je suis frustrée. Je n'ai jamais aimé ne pas avoir le dernier mot. À ce moment-là je perds le contrôle de mes mots.

— Je te déteste ! lui dis-je énervée.

— Crois-moi, je serai le plus heureux lorsque tu partiras avec Julian et que je serai enfin débarrassé de toi ! Et de tes sautes d'humeur !

— Cela t'évitera d'avoir envie de m'embrasser !

— Cela m'évitera surtout d'avoir envie de te tuer ! me dit-il fermement.

On se toise un instant.

Cette dernière phrase m'a vraiment fait mal. Comment peut-il avoir envie de me tuer, après tout ce qu'il s'est passé entre nous ? Et toutes ces belles paroles qu'il a dit à mon égard ! Ce n'étaient donc que vaines paroles ? Jouait-il avec moi tout ce temps ? Peut-être ! Ou est-ce mon comportement à son attention qui l'oblige à me repousser ainsi ? Peut-être a-t-il agi comme cela avec moi juste par ennui ? C'est un vampire après tout. Je me sens perdue et blessée. Je me suis donnée trois fois à lui pour entendre cela ?

Et puis qu'est-ce que cela peut bien me faire ? De toute façon, c'est avec Julian que je veux être ! Il n'a qu'à pleurnicher dans son coin ! Je vais retrouver Julian et partir avec lui. Je n'ai que faire de Lucius et de ses sautes d'humeur. Je ne dois plus me laisser atteindre.

Chapitre 15

J'arrête de manger en baissant les yeux, prends mes affaires et mets mon sac en bandoulière. Je me rattache les cheveux vite fait et me prépare à sortir.

— On y va ? J'ai perdu assez de temps ici ! dis-je à tout le monde en regardant Lucius.

Puis je sors la première. Je me poste devant la porte et je les entends parler.

— Lucius, pourquoi tu…

— Tais-toi, Crynone, elle me rend faible et elle veut Julian, c'est mieux ainsi ! Allons-y ! ordonne Lucius.

Crynone et Jules n'osent plus rien dire et le suivent dehors en silence. Je recule avant qu'ils n'arrivent.

On prend la route dans le plus grand silence. De telle sorte qu'arrivés à la cabane abandonnée, personne ne nous entend approcher.

Lorsque l'on entre, ils sont surpris, car on ne fait aucun bruit. Je pose mes affaires et décide de ressortir, mais devant la porte, Lucius m'empêche de sortir.

— À quoi tu joues, Lucius ? le questionné-je.

— Il fait nuit, c'est dangereux dehors.

— Vois le bon côté des choses, si je meurs, vous serez tous débarrassés de moi, et vous pourrez rentrer chez vous libres comme l'air.

Je le pousse et sors en claquant la porte. Pourquoi notre dispute me fait aussi mal ? Serait-il possible que je puisse considérer Lucius comme un ami ? C'est vrai que chaque dispute avec les filles m'a toujours rendu malade. De plus, j'ai perdu beaucoup de monde dans ma vie. C'est peut-être pour cela que Lucius m'a proposé de venir le voir si j'en éprouve le besoin. Lui aussi me considère peut-être comme une amie !

Alors que je suis là à penser, j'entends des paroles provenant de l'intérieur.

— Lucius, tout va bien avec Sheyla ? demande Dyronne.

— Laisse-le, mon frère. Lucius et Sheyla se sont légèrement disputés avant de partir ! lui répond Crynone.

— Lucius, ne reste pas comme ça et va lui parler ! Ça restera entre nous, lui dit Dyronne.

— Où sont-elles d'ailleurs ? ajoute Jules.

— Elles sont allées chasser. Et elles montent la garde au cas où l'on aurait attiré l'attention. Crynone et Jules, on montera le deuxième tour de garde d'ailleurs, ordonne Dyronne.

— Très bien, disent-ils en cœur.

N'entendant plus rien, je jette un coup d'œil à l'intérieur et là, je vois Lucius se diriger vers la porte pour sortir. Je reprends ma place contre la rambarde.

Comme je m'y attendais, Lucius sort. Il referme derrière lui et vient vers moi.

— Viens te promener avec moi, Sheyla, il faut qu'on parle, me propose-t-il gentiment.

Je me relève et le suis. Il me mène un peu plus loin. On finit par s'arrêter sur un gros rocher plat sur le dessus. D'un bond il y grimpe puis il me tend la main. J'hésite un peu à la prendre.

— Je ne vais pas te faire de mal, Sheyla !

— Tu as dit que tu voulais me tuer !

— J'étais énervé ! Aie confiance en moi ! La vue est très belle d'ici, dit-il d'un ton amusé.

Je finis par prendre sa main et me retrouve dans ses bras, il me tient fermement.

— Je ne vais pas te lâcher Sheyla.

— Pardon ?

— Tu ne tomberas pas. Je te tiens, se reprend-il.

— Oh ! Oui, je sais.

— Alors, la vue ?

— Elle est très belle, c'est vrai. Mais c'est pour la vue que tu m'as menée ici ?

— Non, Sheyla, il faut qu'on parle !

Sans dire un mot, je me défais de son étreinte et m'assois sur le rocher. Lucius fait de même.

— Alors… je t'écoute ! De quoi tu voulais que l'on discute, Lucius ?

— Je m'en veux pour ce que je t'ai dit tout à l'heure.

— Vraiment ?

— Oui. Je suis désolé, Sheyla.

— Un vampire qui s'excuse, c'est une première !

— Je sais, mais je n'aime pas que l'on se dispute !

— Je dois te l'avouer, moi non plus, Lucius !

— C'est vrai ?

— Pourquoi te mentirais-je ?

— Tu as dit que tu ne voulais plus me voir.

— Je suis désolée, j'étais énervée moi aussi.

— Donc on reste amis ?

— À une condition, Lucius !

— Laquelle, beauté ?

— Ne me mens plus et ne me menace plus ! lui ordonné-je.

— Ça fait deux conditions, là !

— Lucius !

— Très bien, j'accepte ! Et si par malheur un jour je dérape ?

— Je te tue !

Je le regarde avec un grand sourire.

— Donc toi tu as le droit de me menacer ? Non non non ! Il n'en est pas question, ça va dans les deux sens les conditions, Sheyla !

— Tu veux négocier avec moi maintenant !

— Bien sûr ! Je veux les mêmes conditions !

— Très bien, mais je ne t'ai jamais menti, moi !

— Ah oui, donc quand tu disais que tu avais hâte de te débarrasser de moi, tu étais sincère ?

— Non, je l'avoue. J'étais énervée !

— Vais-je te manquer dans ta petite vie parfaite avec Julian ?

— Sincèrement… non !

— Merci, c'est gentil pour moi.

— Parce que, pour qu'une personne nous manque, il ne faut plus la voir ! N'est-ce pas ? lui demandé-je un petit sourire en coin.

— Dois-je en conclure que tu voudras me revoir après tout cela ?

— C'est ce que font les amis, non ? Et puis c'est toi qui m'as dit que ta porte sera toujours ouverte pour moi !

— Tout à fait ! Et je le pensais !

— Dis-moi, Lucius, je veux juste savoir une chose !

— Laquelle, beauté ?

— Tu promets de ne pas me mentir ?

— Promis. Mais essaie de me poser une question à laquelle je peux te répondre !

— D'accord. Je veux juste savoir, me caches-tu des choses à ton sujet ?

— Oui !

— Et pourras-tu m'en parler après tout cela ?

— Oui, sûrement !

— Pourquoi sûrement ?

— Si vraiment ça t'intéresse, je t'en parlerai.

— Merci, Lucius !

— Pour quoi, beauté ?

— Pour ta sincérité !

— Avec plaisir. À toi d'être sincère avec moi maintenant !

— Que veux-tu savoir ?

— Sois honnête avec moi ! Je sais que je ne te laisse pas indifférente, n'est-ce pas ? lance-t-il avec un ton taquin.

— C'est injuste, Lucius, cette question !

— Sheyla, je sais que tu veux être avec Julian et j'accepterai tes décisions, mais j'ai besoin de savoir !

— Je ne sais pas si c'est une bonne idée de savoir.

— Sois honnête avec moi, s'il te plaît.

— Tu sais bien que c'est la vérité !

— C'est-à-dire ?

— Je ne sais pas, Lucius.

— Sheyla, tu as promis !

— Je sais, je ne te mens pas. Je ne sais pas, car je ne comprends pas ce que je ressens pour toi.

— Comment ça ?

— Écoute, oui, je sens qu'il se passe quelque chose lorsque l'on est seuls, toi et moi, mais je ne contrôle rien et je ne comprends rien, lui avoué-je.

— Mais tu ne peux pas t'en défaire, ni même aller à l'encontre !

— Tel un ouragan de désir qui m'emporte à chaque fois.

— Et tu te laisses emporter par cette vague en y prenant plaisir et en voulant toujours plus ?

— Qu'est-ce qu'il nous arrive, Lucius ?

— Je ressens exactement la même chose. C'est comme si quelque chose me poussait vers toi.

— Tels deux aimants, ajouté-je.

— Oui, tout à fait !

— Tu sais d'où cela vient ? Tu as déjà vu ça chez d'autres vampires et humains ?

— Oui, quelquefois. Mais il faudrait que je me renseigne un peu plus. Car je n'en suis pas sûr.

— C'est étrange quand même ce que l'on ressent.

— C'est pour cela que je dois me renseigner Sheyla.

— D'accord. Toi aussi, ça te déstabilise ? lui demandé-je.

— Oui, beaucoup. C'est la première fois que je ressens cela pour une personne, humaine ou vampire.

— Pour moi aussi. Tu es le premier à me faire cet effet. En plus, tu es le premier vampire avec qui j'ai des rapports.

— Comment tu peux le savoir ? Tu as peut-être déjà embrassé un passif !

— En tout cas, tu es le premier vampire à m'avoir mordu avec mon consentement et avec qui j'ai couché, et trois fois en plus.

— Je suis désolé pour tout cela.

— Ce n'est pas grave. Après tout, c'est moi qui te l'ai demandé… enfin je crois.

— Sheyla, on devrait rejoindre les autres.

— On vient à peine d'arriver.

— Oui, mais chaque fois que l'on se retrouve seuls, ça dérape. Après tu m'en veux et j'en ai marre que l'on se dispute.

— Attends, regarde. Le ciel est dégagé, on voit toutes les étoiles, c'est si beau ! rassure Jules par télépathie. On rentre dans pas longtemps.

— D'accord, me dit-il en s'allongeant.

— C'est bon pour Jules ?

— Oui. Viens par-là, beauté, promis, je ne te mords pas.

Après m'être installée dans ses bras, on contemple les étoiles. Elles sont si brillantes. En ville avec la lumière des lampadaires, on ne les voit pas autant.

Je suis tellement bien dans ses bras… Je ne sais pas pourquoi, mais je sais que j'aime être en sa présence et je me sens en sécurité. Sans m'en rendre compte, je finis par m'endormir.

Je ressens une légère secousse, mais je m'agrippe à lui. Il me semble qu'il me porte et qu'il marche. Mais je suis trop fatiguée pour faire quoi que ce soit. Je peux sentir son parfum, c'est à la fleur d'oranger. Ça me rappelle mon enfance. Ma seule réaction est de m'agripper encore plus à son cou.

Je crois que l'on vient de rentrer dans la cabane, il fait plus chaud. Je sens qu'il me garde dans ses bras. Tant mieux, car je ne veux pas qu'il me lâche.

— À ce que je vois, tu as fait la paix avec elle ! en déduit Crynone.

— Oui !

— Lucius, tu n'as pas l'air ravi ! ajoute Crynone.

— Disons qu'à présent, nous sommes amis. Et je lui ai promis de m'en contenter.

— Mais Lucius, comment tu vas faire si c'est ta Ceantaglán ?

— Crynone, je ne veux pas la forcer. Attendons demain et la confrontation avec Julian. Lorsqu'elle saura toute la vérité, elle devra faire un choix. Mais pour l'instant, laissons-la dormir.

— Bien, Lucius, répond Crynone.

— Crynone, Jules, dans deux heures on ira relever les filles pour la surveillance. En attendant, reposez-vous,

— Bien, Dyronne, lui dit Crynone.

— D'accord, acquiesce Jules.

— Lucius, tu devrais te reposer aussi. Tu peux la poser sur le lit là-bas, on lui a mis une couverture, on ne la touchera pas. Ne t'en fais pas, lui assure Dyronne.

Je sens Lucius marcher un peu et me poser sur quelque chose de moelleux, il veut me lâcher, mais moi je ne veux pas. Il se pose alors près de moi. Je ne me sens en sécurité qu'avec lui. La dernière chose dont je me souviens, c'est de m'être blottie dans ses bras, qu'il m'est serrée contre lui en m'embrassant tendrement sur le front, ensuite je me suis profondément endormie.

Chapitre 16

Ce matin encore je me réveille en pleine forme, cela fait plusieurs nuits que je passe auprès de Lucius et à chaque fois, je dors bien. Sans compter les jours où j'étais alitée. En ouvrant les yeux je ne vois pas Lucius, même en regardant autour de moi, il n'est pas là.

— Il est allé chasser, Sheyla.

— Bonjour, Jules.

— Désolé, bonjour, Sheyla. Si tu cherches Lucius, il est parti chasser.

— Oh. Merci Jules. Il est tard ?

— Il n'est que 8 heures du matin, ne t'en fais pas, lève-toi tranquillement.

— Je suis réveillée, c'est bon. Je dois juste prendre l'air.

— D'accord, mais il n'y a personne à part moi. Ils sont tous à la chasse avant les retrouvailles avec Julian.

— Eh bien, viens avec moi prendre l'air, Jules.

Une fois dehors, je ne sais plus quoi penser. Certes, je veux retrouver Julian et le sauver, mais je souhaite aussi protéger les vampires qui sont avec moi ici. Et s'ils mouraient tous par ma faute ? Je commence à culpabiliser. Mais comment suis-je censée agir à présent ? Jules me fixe. Et Lucius, vais-je encore avoir les mêmes envies lorsque je serai avec Julian ?

— Ne te torture pas, beauté.

Je lève les yeux et vois Lucius. Il est torse nu, et quelques gouttes de sang coulent de sa bouche sur son cou. Je regarde Jules et comprends.

— Ça fait longtemps que tu entres dans ma tête pour faire des rapports à Lucius, toi ?

— Désolé, Sheyla, me répond Jules.

— Ne lui en veux pas, je m'inquiétais pour toi, ajoute Lucius.

— On réglera ça plus tard. Où sont les autres ? demandé-je.

— Ils nous attendent, un peu plus loin. Jules, tu peux m'apporter ma chemise.

Sans répondre, Jules entre dans la cabane la chercher.

— Merci de m'avoir ramenée et couchée hier soir !

— À ton service, beauté. Alors, prête pour voir Julian ?

— On peut dire ça.

Mais je n'en suis pas du tout sûre.

— Tout va bien se passer, beauté. Tu n'es pas seule !

— Dis-moi, Lucius, tu es bien sûr de toi !

— Oui, assez ! Tu verras. Je te réserve une surprise. On y va ?

Je le regarde, intriguée. Je me lève pour aller chercher mon sac, mais Jules s'en est chargé. Il me le donne ainsi que mes affaires et tend sa chemise à Lucius. J'ouvre mon sac et en sors une pomme. Je croque dedans tandis que je déshabille des yeux Lucius le temps qu'il remet sa chemise. Chose qu'il fait tout en me fixant le sourire aux lèvres. Mon Dieu ce corps, et lui qui en rajoute en me regardant comme ça !

Je finis ma pomme assez rapidement, bois un peu d'eau et on se remet en route.

À une heure d'ici, les autres nous attendent. Une fois qu'on les a rejoints, on s'arrête afin que Jules puisse détecter l'emplacement exact où se trouve Julian.

— C'est bon, je les ai trouvés ! Ils ne sont qu'à quelques mètres.

— Très bien, vous êtes tous prêts ? demande Lucius.

Tous acquiescent, ils le regardent comme pour attendre les ordres.

— Bon, que les choses soient bien claires, Julianna et Cyrianna, vous vous occupez de Dailana. Crynone, Dyronne, Brianna et moi, on se charge de Drenane. Jules, tu restes avec Sheyla pour libérer Julian. Compris ?

On fait tous un signe de tête.

— Avant de partir, Sheyla, je peux te dire un mot ? me réclame Lucius.

— Bien sûr. Que se passe-t-il ?

— Ne bougez pas, on revient, juste deux secondes, ordonne Lucius.

Ils se retournent tous en formant une ligne de défense. Il me prend légèrement à part.

— Sheyla, juste au cas où cela tournerait mal, pardonne-moi !

— Mais de quoi, Lucius ? Tu me fais peur !

— Pour ça…

En un éclair, il m'attrape et m'embrasse. Le brasier enflamme mon corps, comme pour notre premier baiser. C'est même plus intense. Je ne peux que le lui rendre en guise d'adieu, juste au cas où l'on ne s'en sortirait pas. Puis il défait son étreinte et recule.

— Ne dis rien surtout, Lucius, s'il te plaît.

— Sheyla, pourquoi pleures-tu ?

— C'est ta façon de me dire adieu, n'est-ce pas ?

— Non, mais…

— Mais quoi ? Tu m'as dit que tout se passerait bien !

— Sheyla, tout se passera bien. Disons que c'est ma façon de tourner la page sur…

— Sur quoi ? Lucius. Tu m'as promis, plus de mensonges.

— Sur ce qu'il s'est passé entre nous ! En sortant d'ici, tu seras avec Julian, donc, je dis adieu à…

— Dis-moi, Lucius ?

— Ah, ma Sheyla ! Je t'aime.

Les larmes coulent toutes seules. Je ne sais pas quoi lui répondre. Soudain, la panique m'emporte. Que dois-je faire ? Lucius me prend dans ses bras et me murmure :

— Ne dis rien, beauté, ça va aller. Pardonne-moi.

Il recule et essuie mes larmes. Puis sans un mot, on retrouve les autres.

Chapitre 17

On marche en silence jusqu'à l'entrée des souterrains. Lucius passe devant avec Dyronne, Crynone et Brianna. Julianna et Cyrianna sont juste derrière, Jules et moi fermons la marche.

On progresse sur plusieurs mètres dans ces souterrains très sombres. Tout est en pierre. Soudain on aperçoit une lueur au loin, en nous approchant, on voit Julian attaché par des chaînes, recouvert de sang et inconscient. Il n'y a personne à l'horizon. On avance prudemment lorsque Dailana se montre. Lorsqu'elle se rend compte de la présence sa sœur et son amie, elle ne sait pas quoi penser. Elles la prennent à part pour lui parler.

Pendant ce temps, Jules et moi allons détacher Julian. Lucius, Crynone et Dyronne avec Brianna montent la garde.

Dailana a l'air de se calmer et d'écouter sa sœur et son amie.

— Je n'aime pas ça, déclare Lucius.

— Pourquoi ça ? demande Crynone. Qu'est-ce que tu sens ?

— C'est beaucoup trop facile, répond Lucius.

Jules porte Julian et moi aussi je trouve ça louche. Un vampire arrive par derrière et m'attrape, sans que j'aie le temps de réagir, Julian qui faisait semblant attrape Jules, Dailana tient sa sœur par la gorge, Drenane lui se précipite sur Brianna et lui arrache le cœur. Elle s'évapore en quelques secondes. Puis il commence à se battre contre Dyronne, Crynone et Lucius et à trois, ils réussissent à lui enfoncer un pieu dans le cœur. Drenane n'est plus. Mais soudain tout s'arrête, car le vampire qui me tient se met à parler.

— STOP ! Ou je la vide de son sang !

Lucius me regarde terrifié et il peut lire la peur également sur mon visage.

— Bon, à présent, vous vous arrêtez si vous tenez à cette humaine.

— Fernand ! Sale rat, lance Lucius.

— Bonjour à toi, grand Lucius. Ça fait longtemps, mon frère !

— Ton frère ? Comment ça, ton frère ? demandé-je choquée.

— La ferme ! m'ordonne Fernand.

— Oh et ça va oui ! Vous allez me tuer de toute façon. J'ai bien le droit de poser des questions ! réponds-je.

— Mais pour qui tu te prends toi ? me dit-il avec son ton supérieur.

Mais avant même qu'il me réponde, une autre personne arrive.

— Lâche-la tout de suite, Fernand !

— Gabriella ! Mon aimée ! Comme on se retrouve ! lui lance Fernand.

— Fernand, tu as perdu le droit de m'appeler ainsi depuis longtemps !

— Gaella, tu es Gabriella ? lui ajouté-je, choquée par cette révélation.

— La ferme, humaine ! m'ordonne Fernand.

Ça explique beaucoup de choses ! me dis-je.

Mais je commence à avoir la tête qui tourne !

— Attends, Gaella, enfin Gabriella. Tu es La Gabriella des légendes ?

— Oui, désolée, Sheyla, de ne pas te l'avoir dit.

— Je vous dérange peut-être ? nous questionne ironiquement Fernand.

— À vrai dire… oui ! Un peu.

— Tu es vraiment une humaine très insolente.

— Écoute, Fernand, j'en ai marre ! Cela fait des années que tout le monde me cache la vérité et de tous ceux présents ici, la moitié veut ma mort et je ne sais même pas pourquoi ! Donc je veux des réponses avant de trépasser ! Je pense avoir au moins ce droit ! râlé-je.

— Eh bien, très chère, tu vas mourir avant même de pouvoir avoir tes réponses ! me lance Fernand.

Il me soulève jusqu'à sa gorge, il allait me planter ses crocs lorsque Lucius et Gabriella crient en même temps.

— Non !

— Fernand, ne lui fais aucun mal ou tu le regretteras ! crie Gabriella.

— Gabriella, ma douce, elle compte autant que ça pour toi cette humaine ?

— Oui ! Donc, lâche-la ou je serais obligé de mettre fin à tes jours ! continue Gabriella.

— Fernand ! Ma vie pour la sienne, lance Lucius.

— Le grand Lucius est prêt à se sacrifier pour une humaine ! Pourquoi ?

— Stop ! Je ne veux pas ! Tuez-moi ! Mais épargnez-les. C'était mon plan de venir ici pour vous tuer ! Alors je vous en supplie, tuez-moi, mais épargnez-les ! ajouté-je en pleurs.

— Tu serais prête à mourir pour sauver la vie de ces vampires ? me demande Fernand.

— Oui ! Alors, faites-le ! Je m'offre à vous !

— D'accord, j'épargnerai tes amis si tu me dis ce qu'il y a entre toi et Lucius !

— Je l'aime, avoué-je en regardant Lucius.

Il me fixe les larmes aux yeux.

— Très courageuse cette petite humaine ! Et si je te tue, je briserai le cœur de ces deux-là ! Très bien, mais je vais t'annoncer au moins une chose avant de le faire ! Julian ne t'a jamais aimé ! C'est un traitre et la seule femme qu'il aime, c'est Dailana.

Je regarde Julian, choquée, lui est en train de rire ainsi que Dailana.

— As-tu un dernier message à faire passer avant de mourir ?

— Pardonnez-moi ! lancé-je en regardant mes alliés les larmes aux yeux.

Soudain je sens les crocs acérés de Fernand se planter dans ma chair. Mon sang quitte mon corps petit à petit. Je vais mourir en sachant que j'ai risqué ma vie pour un traître ! J'entends Lucius crier de toutes ses forces.

— Non !

Chapitre 18

Puis Gabriella se met à psalmodier, ce qui arrête Fernand.

> *« Afin de te punir de ta cupidité,*
> *Son sang t'enlèvera ton immortalité,*
> *De cette malédiction tu ne peux échapper.*
> *Une vie pour une vie.*
> *La tienne pour sauver la sienne*
> *Car cette enfant est mienne*
> *Ici est la fin de ton règne. »*

Fernand se met à brûler de l'intérieur, il meurt en hurlant et disparaît dans un écran de fumée. Lucius apparaît à mes côtés et Dailana court vers Julian. Lucius me rattrape avant que je tombe au sol et me tient fermement.

— Sheyla ? Tu vas bien ?

— J'ai connu mieux ! lui dis-je avec un sourire.

Il m'aide à tenir debout et là, je vois Julian et Dailana s'embrasser.

— Tu me dégoûtes, Julian, lui lancé-je.

— Oh, mais merci, Sheyla, de nous avoir libérés de ces deux tyrans ! ose-t-il me répondre.

— Pourquoi tu m'as fait ça ? lui demandé-je.

— Oui, c'est vrai. Tu as le droit de savoir après tout, tu nous as sauvés. Vois-tu, un amour comme on partage avec Dailana, tu n'as pas assez d'une vie pour en profiter. Nous voulions plus ! Nous sommes donc allés voir Fernand ensemble afin qu'il nous transforme. Mais il a refusé ! Nous avons donc tué sa promise par vengeance. Une humaine qu'il allait transformer. À la suite de cela, il nous a traqués. Le jour où il a attrapé Dailana et tué sa famille, elle l'a charmé et il n'a pu se résoudre à lui ôter la vie. À la place, il l'a rendu immortelle. Elle s'est échappée et m'a retrouvé afin de me transformer à mon tour. La seule chose à laquelle on ne s'attendait pas, c'est au pouvoir qu'on allait obtenir. Vois-tu, Dailana a toujours manipulé les hommes de son vivant. Ça a été son pouvoir en tant que vampire. Elle pouvait manipuler les esprits. Ainsi elle a contrôlé ce pauvre Drenane, il a cru tomber amoureux d'elle, tout comme ton cher ami Lucius. Elle a ainsi pu convaincre Drenane de nous laisser en vie. Et de faire croire à notre mort. Moi mon don est de passer inaperçu. Alors que je suis un chasseur sanguinaire, je peux me faire passer pour un pauvre petit humain sans défense.

— Vous êtes des monstres, Julian ! lui crié-je.

— Je sais, ma belle !

— Je t'interdis de m'appeler ainsi ! lui dis-je énervée.

— Et que vas-tu faire, Sheyla ? Nous dénoncer à tes parents ? Oh, mais ils sont morts ! On les a vidés de leur sang !

À l'entente de cette phrase, mes jambes se dérobent sous moi, mais Lucius me tient et m'évite de tomber.

— Pourquoi, Julian ? Pourquoi eux ?

— Car tu es l'élue, ma chérie ! Et on se devait de tuer ta lignée ! Tu comprends, on avait mal interprété les textes anciens à l'époque, on pensait que tuer l'élu, tuerait aussi Fernand ! Une chance que l'on se soit trompé de personne !

— Mais pourquoi tuer ma famille si c'est moi l'élue ?

— Car tu as été adoptée, chérie. Et le septième descendant, été le bâtard que ta mère portait dans son ventre. L'enfant qu'elle avait eu avec son amant.

— Et mon père et ma sœur ?

— De simples dommages collatéraux !

— Et Lilia ?

—Ah oui, elle, c'est parce que l'on a commencé à s'intéresser à toi, donc je suis rentré dans ta vie pour en savoir plus. Mais ta chère Lilia ne voulait pas nous dire d'où tu venais. Il a fallu la torturer pour qu'elle nous dise la vérité. Elle nous a tellement énervés qu'on les a tués, elle et son ami.

J'étais encore plus en larmes dans les bras de Lucius.

— Pourquoi ? Pourquoi m'avoir fait croire que tu étais en danger ? finis-je par lui demander.

— Il fallait que tu sois désespérée et capable de te sacrifier pour sauver tes nouveaux amis vampires, afin que Fernand boive ton sang ! D'ailleurs, merci, Gabriella pour le coup de main !

— Je ne l'ai pas fait pour toi ! lui répond-elle sèchement.

— Je sais, mais tu nous as bien aidés. D'ailleurs, tu as utilisé beaucoup de magie et de puissance, tu dois être à bout de forces !

Gabriella le regarde, énervée, elle se met face à Julian et Dailana. Elle les saisit par la gorge et les soulève.

— Détrompe-toi. Je suis beaucoup plus puissante que cela. Vous allez payer pour vos crimes. Julian et Dailana, je vous condamne tous les deux, à la mort pour haute trahison envers les vampires.

— Non, Gabriella, attends ! ajoute Julian.

— Je n'ai que faire de tes dires. Il ne fallait pas se jouer de moi et de ma famille !

Avant même qu'ils puissent dire quoi que ce soit, elle sépare leur tête de leur corps.

— Sheyla, tu me donnes les potions pour allumer un feu !

— Dans mon sac !

Elle s'approche de moi en un éclair, prends les fioles et les jette sur les cadavres de Julian et Dailana.

— Sortons à présent ! ordonne Lucius.

Je suis si faible que Lucius me porte. Une fois dehors, je suis complètement perdue.

— Gabriella ! Je croyais que l'élue était ta descendante ? lui demandé-je.

— C'est le cas, ma chérie, je t'ai perdue de vue, mais lorsque je t'ai retrouvée, j'ai tout fait pour te protéger.

— Et ma mère ? La vraie !

— Fernand l'a tuée. Il ne savait pas qu'elle avait déjà donné naissance vu son jeune âge !

— Comment ça ?

— Ta mère n'avait que quatorze ans lorsqu'elle t'a eue. Tu as été conçue dans le péché donc elle t'a confiée aux bonnes sœurs de l'église Sainte Angela.

— C'est là que mes parents se sont mariés ! Les adoptifs je parle.

— Oui et c'est comme ça que tu as pu être adoptée. Ton père a eu une grave maladie après la naissance de Noémie qui l'a rendu stérile. Mais ta mère voulait un autre enfant donc les sœurs t'ont confiée à eux. Et ils t'ont aimée d'un amour sans limites.

— Ma sœur n'a jamais su pour moi ?

— Non ! Tu étais sa sœur et elle t'aimait.

— Comment s'appelait ma vraie mère ?

— Elle s'appelait Amélia. Elle a eu le cœur brisé de t'abandonner. Mais elle était rassurée lorsqu'elle voyait comment tes parents adoptifs s'occupaient de toi. Elle savait qu'elle avait fait le bon choix.

— Mais il y a une chose que je ne comprends pas !

— Quoi donc, Sheyla ?

— Étant l'élue, aucun vampire ne peut boire mon sang ?

— Aucun c'est vrai, sauf un ! Ton Ceantaglán !

— Mais c'est quoi ça ? demandé-je intriguée.

— Ton âme sœur, chérie.

— Non, ce n'est pas possible étant donné que Lucius a pu boire mon sang !

— La prophétie ne ment pas, ma chérie, c'est moi qui l'ai créée. Tires-en tes conclusions !

Je tourne la tête vers Lucius qui ne sait pas comment me parler.

— Lucius, je crois qu'il faut qu'on parle, lui dis-je déterminée.

— Je le crois aussi ! Mais tu as besoin de repos d'abord.

— Bonne idée, Lucius ramène Sheyla. Elle ne supportera pas le voyage à pied. Les autres, rentrez chez vous vous reposer et vous remettre de vos émotions. On se voit plus tard. Merci pour tout.

— Bien, Madame, disent-ils en chœur.

Puis tous s'en vont, me laissant seule avec Lucius et Gabriella.

— Lucius, veille sur elle pour moi.

— Tu ne vas pas m'abandonner, dis ? demandé-je à Gabriella.

— Non ! Mais tu dois te reposer. Appelle-moi quand tu seras rétablie ! À bientôt !

Elle m'embrasse sur le front et part également. Je regarde Lucius à nouveau.

— Alors, on fait quoi maintenant ? me demande-t-il.

— Ramène-moi !

— Où, beauté ?

— Chez toi. On avisera une fois là-bas !

Il me garde dans ses bras, sans dire un mot et en l'espace de seulement quelques minutes, on se retrouve devant chez lui !

Chapitre 19

Une fois arrivés, il me pose sur le canapé.

— Ça va, beauté ? Je ne suis pas allé trop vite pour toi ?

— Non ça va. J'ai connu pire aujourd'hui.

— Tu es sûre que ça va ? Tu as encaissé tellement de vérités aujourd'hui que…

— J'avoue ! Moi qui voulais tout savoir, j'ai été servie. Mais je ne m'attendais pas à cela ! Ça fait beaucoup d'un seul coup.

— Tu devrais te reposer ! Viens, je vais t'allonger sur mon lit, tu seras mieux.

— Attends ! Viens t'asseoir deux minutes.

— Qui y a-t-il ? me dit-il en s'installant près de moi sur le canapé.

— Tu le savais depuis le début que j'étais l'élue ?

— Je te promets que non !

— Mais tu savais que j'étais ta Ceantaglán ?

— Je l'ai su dès que je t'ai vue la première fois !

— Pourquoi ne pas me l'avoir dit ?

— Car je ne voulais pas influencer tes choix. Et puis l'amour, le vrai, triomphe toujours. N'est-ce pas ?

— Oui ! C'est vrai !

— Alors, beauté ! Tu choisis quoi ? Tu restes ici avec moi ou je te ramène chez toi ?

— Dans l'immédiat ou pour le reste de notre vie ? demandé-je avec un sourire.

— Les deux !

— Dans l'immédiat, je vais dormir ici et attendre d'être rétablie, lui annoncé-je en me blottissant dans ses bras.

— Et après ? me demande-t-il un peu nerveux.

— On doit parler sur beaucoup de choses. J'ai encore beaucoup de questions sans réponse. Mais…

— Je répondrai à toutes, promis ! Mais quoi ?

— Tu sais que la maison de Lilia est à moi à présent.

— Et donc tu veux que je t'y ramène ?

— J'ai beaucoup mieux ! On peut vendre la maison et se trouver notre petit chez nous ? Du moins, si tu veux. En lui faisant cette proposition je recule légèrement et le fixe.

— Dois-je en conclure que…

— Oui ! Je te choisis, Lucius ! Et je suis rassurée, tout ce que je ressentais pour toi était normal. Ça commençait à me rendre folle !

En lui disant cela, je me colle davantage contre lui.

— On ira où tu veux, ça m'est égal. Du moment que je reste avec toi. Mais d'abord, tu vas te reposer ! m'ordonne-t-il.

Desserrant de nouveau mon étreinte, je le regarde et réponds sérieusement.

— Tu sais que ton autorité ne marche pas sur moi !

— Je sais, mais je peux faire ça !

Il me prend dans ses bras et en une seconde, je me retrouve allongée sur son lit.

— Il va falloir établir des règles si tu veux que ça fonctionne, Lucius.

— On verra ça plus tard. Repose-toi, reprend-il avec son autorité.

— Je suis d'accord, à une condition !

— Laquelle, beauté ?

— Reste avec moi !

Il me sourit et s'allonge à côté de moi. Il me serre contre lui et m'embrasse sur le front.

— Sheyla, repose-toi à présent, s'il te plaît. Tu as perdu tellement de sang. Maintenant que tu es à moi, je ne veux pas te perdre.

Je ne conteste pas. Je me relève légèrement afin de lui donner un doux baiser sur les lèvres. Puis je me blottis à nouveau dans ses bras.

— Si tu savais depuis combien de temps je t'attends !

— Tu me le diras après mon repos ça,

— D'accord, reprend des forces d'abord.

— C'est ironique, un vampire actif qui tombe amoureux d'une humaine !

— Oui, le monstre qui s'éprend de la belle innocente.

— Tu n'es pas un monstre, Lucius.

— Repose-toi !

— Arrête de me donner des ordres. Et tu n'es pas un monstre ! lui dis-je énervée en m'asseyant sur le lit.

— Sheyla, j'ai tué des innocents ! Des centaines d'innocents pour me nourrir.

— Dans le monde, certains humains s'entre-tuent et en massacrent d'autres, innocents et sans défense, juste pour le plaisir de tuer. Les trouves-tu si innocents, toi ?

— Sheyla, tous les humains ne sont pas comme ça !

— Peut-être, mais tous les vampires ne sont pas cruels. Et puis dans les humains tu as tous ceux qui battent leur femme, leur mari ou leurs enfants ! Sans parler des violeurs ! Alors, ne me parle pas d'innocence.

— Tu as une vision bien à toi de la vie ! Tu défends les vampires comme s'ils avaient le droit d'exister.

— Vous avez le droit d'exister !

— Sheyla !

— Lucius, vous faites partie de la vie. Vous tuez pour manger et vous manger pour vivre. Comme tout le monde ! Il y a des gentils et des monstres, comme chez les humains.

— Tu es vraiment un être exceptionnel, Sheyla !

— Merci, mais tu n'es pas un monstre !

— Très bien. Tu veux bien te reposer maintenant ?

— Oui, mais tu n'es pas un monstre !

— Sheyla, arrête !

— Tu sais que tu es mignon quand tu t'énerves !

— Sheyla !

— Dis-le et je me repose.

— Et que suis-je alors si je ne suis pas un monstre ? me crie-t-il dessus en se levant

— Tu as vraiment besoin que je te le dise ?

— Oui ! Vu que tu sais tout !

— Tu es simplement l'homme dont je suis éperdument tombée amoureuse. Et cela devrait te suffire !

— Sheyla, je...

Il se calme et me regarde soudain avec amour et envie. Alors qu'il était debout à deux mètres de moi, je me retrouve en une seconde une nouvelle fois allongée sous lui, prise sous l'assaut de ses baisers.

Mon désir ardent s'éveille instantanément. Tout mon être le réclame. C'est tellement plus intense et puissant que les fois précédentes. Je ne veux en rien que cela s'arrête. Mais soudain, il recule.

— Non, Sheyla, je ne peux pas !

— Pourquoi ? Je veux moi ! Tu n'en as pas envie ?

— Bien sûr que si. Je ne cesse de te désirer depuis le premier jour où je t'ai vue, mais...

— Mais quoi alors ? lui demandé-je frustrée.

— Sois raisonnable et repose-toi. Ensuite, on en discutera, s'il te plaît.

— J'ai au moins le droit d'être dans tes bras ?

Il me regarde avec un tendre sourire et s'allonge à mes côtés.

— Lucius, s'il te plaît !

— Très bien, je ne suis pas un monstre à tes yeux, Sheyla.

— Merci. Car je ne te vois pas comme ça.

— J'ai compris, maintenant, repose-toi, beauté. S'il te plaît.

— D'accord.

Je cesse de parler, fermant les yeux et essayant de ne plus penser à rien d'autre qu'à notre avenir, car une humaine qui sort avec un vampire entraîne obligatoirement des choix. Je suis en train de sombrer dans un sommeil profond lorsque je crois entendre une dernière phrase.

— Sheyla, je t'aime.

Chapitre 20

À mon réveil, je me sens plus reposée que jamais. Je viens de passer une nuit sans inquiétude ni soucis et dans les bras de l'homme que j'aime. Qui bien évidemment, n'est pas là encore une fois

Ne le voyant pas revenir, je finis par me lever pour prendre une douche. Mais en passant devant le miroir de la salle de bains, je m'aperçois que les marques de morsure de Fernand ont disparu. Comment cela est-il possible alors que celles de Lucius sont toujours là ? Même celles du premier vampire qui m'a mordu sont toujours là ! Je n'ai pas envie d'y penser maintenant, pour l'heure, je veux juste me doucher.

L'eau chaude me fait vraiment du bien et me savonner me donne l'impression de laisser derrière moi tous les mauvais souvenirs de Julian. Je regarde mes blessures. J'en ai plusieurs aux jambes, aux bras et une sur le ventre, sans oublier le gros L sur ma poitrine. Décidément, j'ai vraiment été très marquée dans toute cette aventure !

Soudain j'entends un bruit. Arrêtant l'eau, je prends une serviette que j'enroule autour de moi et sors de la douche.

— Lucius, c'est toi ?

Aucune réponse. Je sors de la salle de bains et là je vois un homme, un vampire à première vue. De la manière qu'il me regardait, je dirais actif.

— Salut, ma jolie !

— Qui êtes-vous ?

— Tu es appétissante. Ton odeur est si alléchante.

— C'est très flatteur, mais je suis déjà prise, désolée,

— Oui, je sais encore où je suis. Mais ton maître n'est pas là, ma jolie !

— Il n'est pas très loin. Et si tu veux rester en vie, tu ferais mieux de partir.

— Mais il n'est pas là ! Et tu es seule ! Alors comment vas-tu me tuer ?

— Crois-moi et va-t'en ! lui ordonné-je.

— Tu me donnes des ordres ! Toi, tu me plais !

Avant même que je ne puisse répondre ou réagir, ce vampire se tient derrière moi, je lui donne un coup, il recule, mais ma tenue n'est pas très pratique pour le combat ! Il revient vers moi, me tient fermement cette fois-ci et s'apprête à me mordre.

— Alors, que vas-tu faire à présent petite insolente ?

— Je ne ferais pas ça si j'étais toi ! lui dis-je.

— Je n'ai pas peur de toi !

— Écoute, j'appartiens à Lucius. Et si tu me mords, tu vas vite le regretter.

Mais malgré mon avertissement, il glisse mes cheveux sur le côté.

— Arrête ! ordonne Lucius que je n'ai pas entendu revenir.

Il lève la tête et le regarde. Lucius me fixe avec inquiétude.

— Les rumeurs disaient donc vrai ? Tu es devenu faible ! Le grand Lucius affaibli par une humaine ! Tu es risible !

— Touche-la et on verra si je suis faible, le menace Lucius.

Le vampire sort un couteau et me le met sous la gorge, Lucius avance, mais je le stoppe.

— Non, reste où tu es !

— Tu te laisses vraiment mener par le bout du nez ! Toi, un vampire maître ? Tu me fais rire !

— Un quoi ?

— Tais-toi, Sheyla ! Et laisse-moi régler cela !

Il ne m'a jamais regardé ainsi, sur ce, je sais quoi faire.

— Bien, maître. Pardonnez-moi, je vous ai manqué de respect, dis-je d'un ton solennel.

— On verra cela plus tard, me répond-il confiant.

— Oh, je me trompais finalement. Elle t'est bien soumise cette humaine, Lucius.

— Je te lance un défi, novice ? propose Lucius.

— Je t'écoute !

— Si tu arrives à la mordre avant que je t'atteigne pour te tuer, tu pourras en faire ce que tu veux.

— Vas-y, mords-moi, abruti. Comme ça, tu vas mourir.

— Oh oh ! Intéressant, une offre si alléchante, j'accepte.

— Très bien, tu attends quoi ?

Il lâche son couteau, qui tombe au sol et me plante ses crocs au même endroit que Fernand. Je fais une légère grimace, mais quelques secondes plus tard, le vampire me relâche et s'effondre par terre. Lucius apparaît près de moi tandis que le vampire nous regarde.

— Que m'arrive-t-il ?

— Je suis l'élue et mon sang est en train de te tuer pauvre idiot. Je t'avais prévenu.

Mais avant même qu'il puisse me répondre, il s'enflamme et n'est bientôt plus que fumée. Je vois Lucius se mordre le doigt, du sang en sort. Il passe son doigt sur les morsures que le novice m'a faites.

— Lucius, que fais-tu ?

— J'efface les traces de ce novice qui a osé te toucher.

— Comme tu l'as fait avec les morsures de Fernand ?

— Tu es à moi, Sheyla, et je dois être sûr que tous les vampires le savent.

— Très bien, maître ! lui dis-je avec un sourire.

— Merci beaucoup pour ça, d'ailleurs.

— T'as adoré, avoue !

— Oui, ma beauté, c'est vrai. Mais pas pour les raisons que tu penses !

— Tu m'expliques ?

— Tu ne veux pas t'habiller avant !

— Pourquoi ? Je te perturbe ?

— Oui ! me lance-t-il.

— Vraiment… lui dis-je avec une idée en tête.

— Non, Sheyla, n'y pense même pas !

Tout en souriant, je fais tomber ma serviette.

— Oh Seigneur !

En disant cela, Lucius fait un bond en arrière et me tourne le dos.

— Sheyla, habille-toi, s'il te plaît.

— Je vais finir par me fâcher !

— Sheyla, s'il te plaît.

— Très bien, mais je n'ai rien à me mettre.

Soudain je le vois trembler. Inquiète, je remets la serviette autour de moi avant d'aller le voir.

— Tout va bien, Lucius ?

— Ne me touche pas. Je ne veux pas te blesser.

— Que t'arrive-t-il ?

— Sheyla, je…

— Assieds-toi au moins, lui dis-je inquiète.

— Il faut que je me calme.

— Depuis quand ne t'es-tu pas nourri ?

— La dernière fois remonte à avant la confrontation avec Julian.

— Mais tu n'es pas allé te nourrir aujourd'hui ?

— Non, je suis allé chez toi te prendre des vêtements propres et à manger.

— Viens, tu ne peux pas rester comme ça. Tu dois te nourrir toi aussi.

— Sheyla, je ne veux pas te blesser donc recule, s'il te plaît.

— Non ! Je ne t'abandonnerai pas, alors, mords-moi.

— Quoi ? Tu es complètement folle. Je vais te tuer.

— Fais-moi confiance autant que je peux te faire confiance.

Il pose le regard sur moi, il n'a pas l'air d'aller bien du tout, ses yeux sont complètement dilatés. Je pose ma main sur la sienne et la serre.

— Sheyla, et si je ne me contrôlais plus ?

— J'ai une totale confiance en toi. Je sais que tu ne me feras pas de mal.

Lui tenant toujours la main, je lui tends mon autre main qu'il prend, je l'entraîne ensuite jusqu'au lit.

— Si tu dois me mordre, je veux que ça se passe à ma façon. Alors, viens.

Il me suit sans dire quoi que ce soit. Je pense qu'il se force à rester concentré. Je lui lâche une main afin de pouvoir m'allonger sur le lit. Lui hésite quelques secondes.

— Tu vas y arriver, chéri, j'ai confiance en toi, finis-je par le rassurer autant que possible.

Il finit par venir et se met à moitié sur moi. Je décale mes cheveux sur le côté afin qu'il me morde au même endroit que la dernière fois. Il regarde la marque que ses crocs ont laissé puis il me fixe. Toujours en silence, il sort ses crocs sans me lâcher des yeux. Je lui fais un signe approbateur de la tête. Tout doucement, il se rapproche de moi et plante ses crocs. J'ai la même sensation que la première fois. Le même désir innommable s'éveille en moi, je pense qu'il ressent la même chose que moi, car sa main qui tenait la mienne bouge légèrement afin de glisser ses doigts entre les miens. Puis il descend son autre main qui tenait mon cou jusqu'à ma cuisse en me caressant la poitrine au passage. Il la remonte ensuite sous la serviette jusqu'à mes fesses et me colle contre lui.

Il arrête de boire mon sang et commence à m'embrasser. Son baiser a encore le goût de mon sang, mais mon corps est en ébullition, je le laisse faire.

Il ne peut s'arrêter, et c'est le moment le plus extraordinaire de toute ma vie. Tel un volcan en éruption je suis incontrôlable et il se donne entièrement à moi. C'est comme une première fois pour nous deux, car cette fois-ci je suis complètement moi et ses yeux ne changent pas de couleur. Nos pulsions et notre amour, rien d'autre.

Il m'arrache ma serviette et en moins d'une seconde il est en moi, toujours à m'embrasser. Je me cambre sous l'effet de son corps en moi, nos corps sont en fusion et s'accordent au même rythme. Je réalise à cet instant précis à quel point je suis totalement folle amoureuse de cet homme. Une évidence que j'avais sous les yeux tout ce temps, mais que je ne percevais pas. Aujourd'hui, Lucius est tel que j'aurais dû le voir dès le début. Je suis envahie par un ouragan de jouissance que je libère sous ses coups de reins. Il ancre ses yeux aux miens et jouit à son tour. Une connexion se crée entre nous à cette minute précise, un lien indescriptible. Il ne me lâche pas des yeux.

— Sheyla, je ne trouverai jamais les mots qu'il faut pour te dire à quel point je t'aime.

Les larmes me montent. Je ne sais pas comment l'expliquer, mais j'arrive à ressentir son amour.

— Pourquoi tu pleures, je t'ai fait mal, beauté ?

— Non, bien au contraire, Lucius. Que veux-tu que je te réponde à part que je t'aime comme je n'ai jamais aimé personne.

Il me regarde, soulagé, un grand sourire aux lèvres. Il me donne un doux baiser puis recule, se lève et se rhabille.

— Tu fais quoi là ? lui demandé-je frustrée.

— J'ai vraiment besoin de me nourrir, Sheyla, je fais vite.

Il part et revient deux secondes après avec des vêtements à moi.

— Tiens, je t'ai pris ça chez toi.

— Merci, fais vite surtout !

— Promis.

Il m'embrasse une dernière fois avant de s'en aller. Je retourne sous la douche, mais froide cette fois-ci, il faut vraiment que je me calme. On ne va pas passer non plus toute notre vie à coucher ensemble ? Quoique cette perspective ne me déplaît guère. Non, j'aime trop peindre et manger, faut bien que je fasse des pauses. Je vois ensuite Lucius revenir plein de sang. Je dois lui avoir provoqué une sacrée faim là.

— Seigneur, chéri, tu en as pris combien pour te nourrir ?

— Quatre !

Avant même que je puisse dire quoi que ce soit, il file sous la douche. Lorsqu'il en sort, il n'a qu'une serviette autour de la taille. Assise près de la fenêtre, je n'en perds pas une miette. Je ne peux penser qu'une seule chose : *mon Dieu que cet homme est parfait !* Il est super sexy, toujours habillé élégamment avec de bonnes manières, mais que fait-il avec moi ? Sur cette question, je reste perplexe. Perdue à nouveau dans mes pensées, j'en suis sortie par Lucius.

— Tout va bien, beauté ?

— Euh, oui. Et toi, tout va bien ?

— Sheyla, si je t'avais fait du mal, jamais je ne me le serais pardonné.

— Je vais bien, Lucius, ne t'en fais pas. Tu vois, j'avais raison d'avoir confiance.

— Il est vrai que j'avais peur de te faire du mal physiquement en te cassant un os ou autre. Mais je craignais aussi qu'en te mordant je perde tout contrôle.

— Il y a autre chose, Lucius ! Dis-moi.

— Avant toi, je n'avais jamais…

— Couché avec une femme ?

— Jamais avec une humaine.

— Lucius, fais-moi confiance, je suis amplement satisfaite. Et si tu en doutes, rappelle-toi tous les orgasmes que tu m'as donnés, je n'ai jamais simulé.

Je le regarde avec un grand sourire. Il est soulagé, mais demeure encore un peu contrarié.

— Tu ne me dis pas tout, n'est-ce pas ?

— Sheyla, écoute, je ne suis jamais tombé amoureux de toute ma vie malgré mon grand âge. Et je suis né dans une famille de nobles. Donc j'ai attendu toute ma vie pour te trouver, à présent que c'est fait, je suis vraiment inquiet pour la première fois de ma vie. Ce que je veux dire c'est qu'à présent que l'on est ensemble, tu as réveillé en moi des sentiments nouveaux et inconnus que je ne contrôle pas et c'est assez frustrant ! Surtout pour un vampire de mon rang et de mon grade.

— Lucius, si tu crains que je te quitte, ce n'est pas le cas. Je ne veux personne d'autre que toi.

— Je ne pourrai pas te protéger contre tous les dangers. Et même si ce que je vais dire va te paraître égoïste, je ne veux pas te perdre.

— Lucius, je t'aime et je t'ai choisi toi, avec toutes les conséquences qui s'y imposent.

— Tu en es bien sûre ? Ce n'est pas une décision à prendre à la légère.

— Je t'ai choisi, c'est toi mon choix et sache que je ne veux pas te perdre non plus. Dis-moi, tu caches bien ton jeu quand même ! Toi que l'on prend pour un dangereux vampire !

Je ris légèrement, alors il me prend et me plaque contre le mur.

— Je suis dangereux, me dit-il sérieusement. Sauf avec toi, ma beauté.

Il me sourit et m'embrasse passionnément.

— Redis-moi que tu m'aimes ! m'ordonne-t-il.

— Je t'aime, Lucius.

Il m'embrasse encore et encore. Mais cette fois-ci, il s'arrête.

— Mais non, pourquoi ?

— Sheyla, je t'aime, mais tu es humaine. Tu n'as pas mangé, j'ai bu de ton sang et au vu de ce que l'on a fait dans ce lit tout à l'heure, ton corps est affaibli, donc restaure-toi si tu veux qu'il se passe quoi que ce soit entre nous.

— Tu comptes me faire du chantage ?

— Bien sûr, étant donné que tu ne m'obéis pas !

— Oh ! Ça t'énerve, n'est-ce pas ?

— Je pensais que tu aurais voulu en savoir plus sur toute cette histoire. Si tu viens manger, je te dirai tout ce que tu veux.

Il s'éloigne et rejoint le salon. J'avoue que j'ai encore quelques interrogations, et j'ai faim.

Chapitre 21

Je le suis jusqu'à table. Il a rapporté du fromage, des yaourts, des fruits et des biscuits.

— Donc, explique-moi pourquoi tu n'arrives pas à me soumettre comme tout le monde ? l'interrogé-je en attrapant un bout de fromage.

Il s'assoit sur la chaise à côté de moi et pendant que je commence à manger, il débute son explication.

— Sheyla, en tant qu'élue, il faut que tu saches que tu es immunisée contre la plupart de nos pouvoirs.

— Pourquoi pas tous ?

— Car certains pouvoirs ne te font pas de mal à proprement parler !

— Comment ça ?

— Par exemple, tu es immunisée contre mon pouvoir de soumission, mais pas contre un autre que j'ai déjà utilisé contre toi ! Même si je ne sais pas jusqu'où je peux l'utiliser.

— Quel autre pouvoir ?

— Mon autre don, comment dire… je peux faire ressortir des vérités enfouies. Par exemple, s'il y a un traître parmi mon entourage, ça aide.

— Et tu l'as utilisé quand et comment ce don sur moi ?

— Quand je voulais savoir si tu étais ma Ceantaglán. Comprends-moi, j'étais tellement bouleversé.

— Je ne comprends pas, Lucius !

— Tu te rappelles, toutes les fois où l'on a couché ensemble avant aujourd'hui ?

— Oui très bien. Pourquoi ? D'ailleurs, pourquoi tes yeux changent-ils de couleur ?

— Eh bien, si tu m'as laissé faire c'est parce que tu en avais envie. Sinon il ne se serait rien passé entre nous. Tu n'étais pas censé voir mes yeux changer ! Encore une de tes facultés sûrement.

— Et pourquoi ne rien m'avoir dit ? Et pourquoi j'avais l'impression d'être amoureuse de vous deux ?

— Je pense que Julian t'avait ensorcelée, car il a compris que tu étais l'élue et que le pouvoir de Dailana ne marcherait pas sur toi. Gabriella te répondra certainement mieux que moi.

— Et pourquoi Jules peut-il lire dans mes pensées ?

— Il ne peut pas. Il me l'a dit. Il captait juste quelques sentiments s'ils étaient intenses. Comme lorsque tu étais près de moi, quand tu te posais trop de questions ou encore quand tu te faisais du souci… Il ne ressentait que quelques fragments.

— Mais vous auriez dû comprendre alors que j'étais l'élue ?

— Ce n'est pas aussi simple, Sheyla. Certains humains sont des boucliers et résiste à certains dons, d'autres pratiquent les arts occultes, donc peuvent se protéger, et d'autres encore ont de puissants vampires protecteurs qui veillent sur eux.

— Oh, je vois ! Mais pourquoi avoir demandé à Jules de m'espionner ?

— Pour deux raisons. D'un, car si tu étais bien ma Ceantaglán, je me devais de te protéger. Et deux, je voulais comprendre pourquoi tu étais immunisée contre certains pouvoirs !

— Oh ! Ça va alors, mais j'ai encore beaucoup de questions !

— Je sais, c'est pourquoi Gabriella va venir aussi pour répondre à tes questions.

— Merci.

— Je t'avais promis que si on survivait à tout cela tu aurais toutes les réponses.

— Quel âge as-tu ?

— Je vais bientôt fêter mes mille ans !

— Quand ?

— Le 13 avril !

— C'est vrai ? dis-je surprise.

— Bien sûr pourquoi ?

— Car je ferai mes vingt ans le 13 avril aussi ! On est nés le même jour.

— Intéressant comme coïncidence !

— On va pouvoir faire une grande fête ! C'est trop bien !

— Ton enthousiasme est merveilleux à voir.

— Merci ! Mais au fait, tu m'as dit que tu venais d'une grande famille de nobles. Mais de quel pays ?

— Je viens d'Italie, de Florence plus exactement.

— Il te reste de la famille ?

— Il ne me reste qu'un neveu éloigné. Il gère avec moi la fortune familiale. Eh oui je l'ai transformé, avant que tu le demandes.

— La fortune familiale ?

— Oui. Nous possédons de nombreux domaines qui rapportent.

— Seigneur, sur qui je suis tombée ?

— Sur un comte, très chère !

— Heureusement que je suis déjà assise !

Il se met à rire légèrement.

— Au fait, tu ne m'as jamais dit comment tu m'as soignée et combien de jours j'ai dormi après l'épisode de Louis ? repris-je.

— Je t'ai fait boire un peu de mon sang durant cinq jours afin de te guérir intérieurement. Mais il te restera toujours tes cicatrices et tes séquelles psychologiques.

— Merci de m'avoir sauvée !

— À ton service, beauté.

On se regarde en souriant.

— Pourquoi tu étais aussi changeant avec moi ? lui demandé-je.

— Car tu me perturbais.

— Comment ça ?

— Sheyla, trouver sa Ceantaglán est assez déstabilisant pour un vampire. Donc quand tu as débarqué ici, j'ai senti des sentiments nouveaux que je ne comprenais pas, j'étais complètement perdu. J'avais du mal à réfléchir correctement, j'étais partagé entre l'envie de te vider de ton sang et celle de t'embrasser !

— Effectivement choix compliqué ! Tu as fait les deux du coup. Mais comment tu te nourris finalement ?

— Je me nourris de vampires ! Ainsi je suis plus puissant. J'efface mes traces de leur mémoire en leur laissant un sentiment de crainte envers moi !

— Pourtant tu jouis d'une réputation de vampire sanguinaire ? Qui a failli me faire abandonner d'ailleurs !

— Il me faut bien une réputation afin d'être craint et respecté.

— Mais tu m'as dit que tu avais tué des centaines d'innocents.

— Oui durant mes premiers siècles, j'étais seul, perdu et ma soif me dominait. Après j'ai retrouvé Gabriella, et j'ai appris à me contrôler.

— Comment ça tu l'as retrouvée ? Tu la connaissais ?

— Oui, car c'est moi qui l'ai transformé, ma belle. Me répondit-elle.

— Gabriella ! J'étais en train de répondre aux questions de Sheyla. Tu arrives à point nommé ! lui dit Lucius.

— Donc vous vous connaissiez ? demandé-je.

— Je vais continuer, si tu es d'accord, Lucius ?

— Je t'en prie !

— Sheyla, ma chérie, il faut que tu saches que notre famille était, avec celle de Lucius et Fernand, l'une des trois plus grandes familles nobles de Florence. Nous étions tous de la haute société. Bien sûr, Lucius est né bien des années après nous et bien après ma séparation d'avec Fernand. Il faut que tu comprennes que Fernand était mon Ceantaglán. Mais l'amour du pouvoir était bien plus fort chez lui. C'est pourquoi lors de sa transformation, il est devenu bien trop sanguinaire et autoritaire pour moi ! Dans notre famille, nous ne sommes pas vraiment des femmes soumises.

— Ça, je l'avais remarqué, me taquine Lucius avec un petit sourire.

— Tu as fini oui ! lui lancé-je à mon tour.

— En tout cas cette année-là, après des décennies d'exil et de fuite, j'ai eu envie de revenir au pays. Un soir, la famille de Lucius donnait un bal. C'était une tradition. Fernand était là lui aussi. Il a essayé de me récupérer, mais son intention était de me soumettre telle une esclave. Je me suis enfuie, mais il m'a rattrapée et m'a enfoncé un pieu dans la jambe. Ce qui m'a fait tomber à terre. Le temps que je l'enlève, il s'apprêtait à me donner le coup de grâce, mais, Lucius m'a poussé et s'est pris le pieu. Je me suis donc enfuie avec Lucius. Une fois en lieu sûr, j'ai vu que Lucius était mourant. Le pieu lui avait perforé le poumon. Je l'ai donc retiré et je l'ai transformé. J'ai attendu que la transformation soit complète, mais Fernand nous a retrouvés. Je lui ai fait croire que Lucius était mort et je me suis exilée. C'est après que j'ai commencé à étudier les arts occultes et j'ai changé de prénom. Mais il y a deux cents ans, j'ai rencontré Miguel. Je me suis attachée à lui. Il me réconfortait, apaisait ma douleur. Donc je l'ai épousé. Et avec mes connaissances en magie, j'ai concocté une potion pour lui donner un enfant.

Elle s'arrêta, triste.

— Que s'est-il passé ensuite ?

— Fernand nous a retrouvés. Il a tué Miguel. Mais il n'est pas aussi aisé de tuer son Ceantaglán. Donc je me suis enfuie avec ma fille et j'ai procédé à un rituel. Chaque descendante serait de plus en plus forte. Ainsi, la septième descendante de ma fille aurait le pouvoir de résister aux vampires et tuer Fernand.

— Pourquoi le septième, Gabriella ?

— Car c'est un chiffre sacré en magie !

— Mais tu as quel âge, Gabriella ?

— J'ai fêté mes 1 532 ans en décembre. Fernand aurait lui fêté ses 1 555 cet été !

— Je suis désolée pour toi, Gabriella. C'était malgré tout l'amour de ta vie !

— Je sais, ma chérie, mais je vais mieux maintenant.

— Au fait, Lucius, pourquoi dans la grotte Fernand t'a appelé « *mon frère* » ? le questionné-je.

— Car à l'époque, je n'étais au courant de rien et Fernand était devenu mon meilleur ami, comme mon frère !

— Oh, je suis désolée, lui dis-je.

— Ce n'est rien, beauté.

— Mais je n'ai pas compris. Pourquoi Julian et Dailana, se sont trompés de famille en me cherchant ? leur demandé-je.

— Je ne sais pas, Sheyla ! me répond Lucius.

— Je vais t'expliquer, il y a deux cents ans, lorsqu'ils ont commencé à me chercher. Ils cherchaient une Gabriella qui pratiquait les arts occultes. Moi, je me faisais appeler Isabella à cette époque. J'avais encore changé d'identité. Malheureusement, une sorcière réputée appelée Gabriella exerçait. Le temps qu'ils retrouvent sa trace, ta mère adoptive attendait un bébé de son amant. Elle n'avait fauté qu'une seule fois, mais c'était une fois de trop. Ça leur a coûté la vie. Je suis arrivée trop tard pour les sauver.

— Mais tu savais où j'étais ?

— Eh bien je n'ai pas su qu'Amélia avait eu un bébé. Jusqu'à sa mort, où j'ai trouvé son journal. Dans lequel elle racontait tout. À la suite de quoi, je t'ai cherchée.

— Et tu m'as retrouvée à cette exposition d'art, il y a quatre ans ?

— Oui, mais j'ai effectué plusieurs tests pour savoir si tu étais bien l'élue. Mais j'ai eu du mal, car Fernand m'avait presque localisée. Donc je devais faire attention.

— Mais pourquoi Lucius n'était pas au courant que j'étais ta descendante et l'élue ?

— Je ne lui avais pas dit. Lorsque je l'ai revu, c'était ici à Cleevhock, il n'y a que cinq cents ans. Mais pour sa sécurité, je ne lui ai pas dit ma nouvelle identité. Après j'ai souvent été en déplacement, car je ne voulais pas que Fernand retrouve la trace de Lucius ou la mienne. Mais je revenais pour le voir de temps en temps.

— Mais comment j'ai pu ressentir des sentiments pour Julian ?

— Car en l'embrassant tu as été piégée. Il se sont inspirés des pouvoirs de Dailana, car il te savait immunisée.

— Comment ça, ils se sont inspirés de ses pouvoirs ? demandé-je.

— Lucius, tu lui dis ?

— Sheyla, Dailana contrôle les esprits des hommes en les embrassant ! m'annonce Lucius.

— Oh, donc tu l'as embrassée ? déduis-je.

— Oui ! avoue-t-il en baissant la tête.

— Et moi qui culpabilisais, car j'avais embrassé Julian ! On est quitte comme ça, annoncé-je soulagée de ce poids.

Tous deux me regardent et rient.

— Mais du coup, ils ont fait comment ? Car Julian n'a pas ce pouvoir, si ?

— Ils ont fait appel à une sorcière qui a composé un philtre d'amour. Il l'a posé sur ses lèvres et en l'embrassant il t'a contaminée ! m'explique-t-elle.

— Donc si je ne l'avais pas embrassé…

— Sheyla, ne commence pas ! Ce n'est pas ta faute ! Et puis grâce à ça, tu as a rencontré Lucius et on s'est débarrassés de Drenane et de Fernand, donc c'est un mal pour un bien ! me rassure Gabriella.

— Oui ! Tu as raison. Grâce à lui, j'ai mon Lucius aujourd'hui !

Il me regarde avec un sourire.

— Au fait, l'un de vous sait pour les nombreux meurtres de Cleevhock ?

— Un petit jeu sanguinaire entre Julian et Dailana pour rentre fous les policiers de la ville, répond Gabriella.

— Et tous les animaux morts qu'ils ont retrouvés ?

— Quelques vampires passifs. Mais j'ai réglé la question.

— Pourquoi Dailana ne m'a pas tuée lors de notre première rencontre ? Elle savait qui j'étais, donc elle savait que je n'étais pas un vampire ! Et Drenane ?

— Drenane obéissait à Dailana, et Dailana te voulait en vie pour tuer Fernand.

— Et pour ça ?

Je me lève, prends le collier de Julian dans mon sac et le donne à Gabriella.

— Il joue quel rôle ce collier ? C'est Julian qui me l'a offert en me demandant de le garder sur moi. Mais il s'est cassé après un combat avec un vampire avant que je vienne ici. Donc je l'ai enlevé et lorsque je suis arrivée chez Lucius, j'ai commencé à me sentir bizarre et à me poser plein de questions sur lui et Julian.

— C'est un collier ensorcelé ! Il avait pour but de te voiler la vue sur la véritable identité de Julian. Malgré tout ce que tu entendais, il était toujours aussi parfait, humain et innocent à tes yeux ! En l'enlevant, cela a pris quelque temps pour que le sortilège s'évapore. Combien de temps tu l'as porté ? ajoute-t-elle.

— Plusieurs mois.

— C'est pour cela qu'en le retirant, tu as commencé à te poser des questions et avec ce qu'on faisait, cela a accéléré les choses, intervient Lucius.

— D'ailleurs en parlant de Louis, qu'est-ce que Darryl était venu me dire ? demandé-je.

— Je l'avais envoyé afin de te prévenir que ton Julian était un vampire et qu'il complotait avec Dailana contre toi ! Quand Lucius t'a récupérée chez Louis, il m'a appelée, car il a senti mon odeur sur Darryl.

— Ah, d'accord ! Mais comment tu sais tout ça, Gabriella ? Tu es rentrée dans la tête de Julian ou quoi ?

— Je dois t'avouer une chose, Sheyla. En sortant des souterrains après la bataille avec Julian, je t'ai pris son journal ainsi que le papier qui s'y trouvaient. Je voulais des réponses, mais j'avais peur que tu sois horrifiée par ce que tu aurais pu lire. Et j'ai bien fait ! me répond-elle.

— Mais comment savais-tu que j'avais cela ma possession ?

— Je les ai vus en prenant les potions dans ton sac.

— Oh ! Et qu'as-tu lu d'aussi horrible ?

— La jouissance qu'ils avaient à tuer et faire le mal !

— Comme la mort de toute ma famille adoptive ?

— Oui, ma chérie ! me dit-elle la voix nouée.

— Tu as bien fait alors ! Garde tout, même le collier. Je ne veux plus rien de Julian,

Puis je pense à Madame McFires. Il faudrait lui dire que Julian ne reviendra pas. Et mes cours ? C'est la reprise dans quelques jours ! Mon projet d'étude ? La galerie d'art, j'ai une expo dans deux mois ! Et la vente de la maison ? Et la loi sur ma transformation ? Et Derek, je devrais lui dire pour Darryl. Soudain je panique. Mais comment je vais faire moi ?

— Qui y a-t-il, beauté ?

— Il va falloir que j'aille voir la propriétaire de Julian pour lui dire qu'il ne reviendra pas.

— Je l'ai déjà prévenue. Je lui ai dit qu'il était retourné dans son pays avec sa famille, me rassure Gabriella.

— Et comment on va faire avec la loi sur la transformation ? Je reprends les cours dans trois jours et je veux finir mes études en tant qu'humaine !

— Ma chérie, c'était une loi de Fernand ! Il est mort et les vampires savent que je suis revenue avec l'élue, la loi n'existe plus. Donc tu as le temps ! ajoute-t-elle.

— Il va falloir que l'on s'occupe de la vente de la maison ! Celle de Lilia, je suis sa seule héritière ! Mais je n'y connais rien.

— Sheyla, je connais du monde, je m'en occuperai pour toi ! Ne t'en fais pas ! Tu n'es plus seule à présent ! me dit-elle.

— As-tu encore des questions, ou on a répondu à toutes tes interrogations ? me demande Lucius.

— Pourquoi tu as psalmodié contre Fernand si mon sang suffisait à le tuer ?

— Car j'ai senti que Fernand était protégé par une sorcière puissante, je voulais donc amplifier le pouvoir de ton sang pour être sûre qu'il disparaisse une bonne fois pour toutes.

— J'ai une dernière question. Pourquoi le vampire ce matin t'a appelé « *vampire maître* » Lucius ? C'est ton grade ?

— Exactement ! Gabriella est le vampire originel et Fernand mort, je suis le plus vieux vampire. Et avec mes dons, j'ai le grade de vampire maître ! Donc tous les vampires, sauf Gabriella, me doivent obéissance ! m'explique-t-il.

— Tu as oublié quelqu'un d'autre ! Moi non plus je ne te dois pas obéissance ! ajouté-je avec fierté.

On se regarde tous les trois et on éclate de rire dans le même temps.

— Ça, c'est vrai ! J'ai bien compris que tu ne m'obéiras jamais !

— C'est de famille ! me précise Gabriella en me souriant.

— Au fait, Gabriella, le sang que tu m'as fait boire, c'était le tien n'est-ce pas ?

— Oui bien sûr. Je n'allais pas te laisser mourir.

— Mais pourquoi nous avoir mis à la porte ce jour-là ?

— Sheyla, tu t'étais vidée de ton sang dans ma boutique. Je suis peut-être ton ancêtre, mais je n'en reste pas moins un vampire ! Je sais me contrôler face au sang, mais là, c'était beaucoup trop à supporter.

— Oh ! D'ailleurs, il va falloir que je parle à Derek, Darryl est décédé en essayant de me sauver !

— C'est déjà fait, chérie, je lui ai avoué la vérité. Lucius m'a tout expliqué et m'a montré le lieu. Donc on a récupéré son corps et on va pouvoir procéder à l'enterrement, ainsi que celui de Lilia et son ami. On sera là pour toi, ne t'en fais pas.

— Merci ! En parlant de ça, Cyrianna se remet de la mort de Brianna ? demandé-je.

— Oui ! Elle est encore peinée, car c'était sa servante, cela faisait deux ou trois cents ans qu'elles vivaient ensemble, me dit-elle.

— Oh, j'espère que ça va aller pour elle !

— Ne t'en fais pas, j'y veille ! ajoute-t-elle.

— Et Jules, ça va ? Il s'est quand même fait manipuler par son ami,

— Il se remet, tu pourras le contacter si tu veux. Mais parlons de vous ! On doit discuter d'une chose.

— Elle est d'accord ! répond Lucius sans que j'aie le temps de comprendre.

— J'avais compris, mais la date est-elle fixée ? demande Gabriella.

— Pas encore, nous ne sommes pas arrivés à cette partie de la conversation, lui dit-il.

— Oh oh ! Je suis là, vous savez ! m'agacé-je.

— Excuse-nous, Sheyla, c'est juste que si tu décides de laisser Lucius te transformer, on doit prendre certaines précautions avant ! m'annonce-t-elle.

— Lesquelles ? demandé-je.

— Il faudrait que l'on te fasse plusieurs prélèvements de sang. Car on ignore le ou les pouvoirs que tu auras en tant que vampire. De plus…

— Je ne suis pas sûr que ce soit le bon moment, Gabriella ! la coupe Lucius.

— Mais, Lucius, c'est important, si Sheyla et toi voulez avoir….

— Tais-toi, Gabriella, ce n'est pas le moment ! lui ordonne-t-il.

— Stop ! Continuez à parler de moi comme si je n'étais pas là, et je pars loin de vous deux jusqu'à la fin de ma vie d'humaine ! m'énervé-je.

— Pardon, ma beauté !

— Pardon, ma chérie !

— Il n'y a pas de chérie ou de beauté ! Alors, c'est quoi la deuxième raison pour laquelle il faudrait mon sang ? Vous avez dix secondes ! leur dis-je décidée.

— C'est si l'on veut des enfants ! me dit Lucius.

— Euh, je ne vois pas le rapport, là ? Encore pour les pouvoirs, je comprends, autant en garder, et s'en servir comme d'une arme. Mais pour des enfants, les vampires ne peuvent pas avoir d'enfants ! Si ? Gabriella ?

— Si on utilise le même sort que j'ai utilisé pour avoir ma fille, c'est possible. Il suffit que vous buviez une potion puissante en y ajoutant quelques gouttes de ton sang d'humaine ! Ainsi, tu seras capable d'avoir un enfant, si tu le désires au moment voulut. Par contre, celui-ci ne naîtra pas vampire.

— Ah ! Ça y est je comprends mieux ! Il va falloir faire petit à petit, afin que je ne sois pas anémiée avec tout ce sang en moins ! Et puis désolée, chéri, mais j'ai été élevé par des croyants, donc si tu veux des enfants avec moi, il va falloir m'épouser ! Humains ou vampires, c'est ainsi ! Tu t'y plies où tu n'auras rien !

Ils échangent un regard, bouche bée.

— Quoi ? Tu pensais que je ne voudrais pas d'enfants parce que je n'ai que vingt ans et toi mille ! Je t'ai choisi et ce ne sont pas nos neuf cent quatre-vingts ans de différence qui y changeront quoi que ce soit !

Il me regarde comme fasciné par mes paroles.

— Je savais que tu étais un être exceptionnel, mais tu me surprends de jour en jour, et ce, depuis notre rencontre, me dit-il avec un ton amoureux.

— Et moi je suis tombée sur l'homme le plus protecteur et le plus respectueux qui existe sur terre, lui dis-je sur le même ton.

— Bon, on reparlera plus tard de tout cela. Je viendrai tous les deux jours te faire des prises de sang. En attendant, je vais vous laisser tranquille les amoureux. Au fait, Sheyla avant que j'oublie, il faudra que l'on parle toi et moi de ton héritage !

— Mon héritage ? De quoi tu parles ?

— Je t'ai dit que l'on descendait d'une grande famille noble, dont nous sommes les seules survivantes et j'ai fait plusieurs placements pour toi donc il faudra que l'on parle de tout cela, mais plus tard, chérie. Finis d'abord ton année.

— Oui, car là, ça fait un peu trop à encaisser.

On raccompagne Gabriella dehors afin de lui dire au revoir. Une fois qu'elle est partie, il ne faut pas longtemps à Lucius pour qu'il me plaque contre le mur et m'embrasse.

— Donc tu as fait ton choix, ma beauté ! Tu veux vraiment que je te transforme, que l'on se marie et que l'on fonde notre famille !

— Oui. Je t'aime, Lucius, et je veux vivre toutes ces choses avec toi.

— Moi aussi je t'aime, Sheyla ! Et tu veux le faire quand et dans quel ordre ?

— Laisse-moi finir mon année, avoir mon diplôme et voir avec la galerie d'art les nouvelles conditions de mon contrat ! Tu pourras me transformer après cela.

— Et pour la suite ?

— Cela dépend de toi ! Au fait, c'est quoi ton nom de famille ?

— Je m'appelle Lucius de Mallery ! Pourquoi me demandes-tu cela ?

— Pour savoir quel nom de famille je porterai. Mais à toi de voir pour la suite.

— Comment ça ? me demande-t-il inquiet.

— Eh bien une fois transformée, il vous faudra me demander en mariage, Monsieur le Comte de Mallery !

— Avec plaisir, Comtesse ! Je m'en ferai une joie ! Et lorsque tu seras ma femme, je t'emmènerai faire le tour du monde !

— Il va falloir que je m'y habitue ! Je descends aussi d'une grande famille, mais je n'ai même pas demandé à Gabriella notre patronyme !

— Il me semble que Gabriella est la Comtesse Del Armand.

— Merci, chéri ! Je connais mon vrai nom de famille. Du moins celui jusqu'à notre mariage !

— Oui, ma princesse, je ferai de toi ma reine !

— Et toi tu deviendras mon roi !

— Tu as eu toutes tes réponses. Tu es contente ? Où tu en as encore ?

— Vous pouvez manger de la nourriture normale vous les vampires ?

— Oui, mais on ne le fait pas, car notre organisme l'élimine vraiment rapidement, ce n'est pas nutritif. De plus cette nourriture est insipide. Mais pourquoi me demander cela, princesse ?

— Car il faudra que je mange normalement lorsque je serai enceinte de toi vu que notre bébé sera humain !

— Effectivement ! Bien vu ! Je mangerai avec toi pour te soutenir ! Il faudra emménager dans une maison convenable avec plusieurs chambres pour les enfants.

— Tu as raison et bien avant que je tombe enceinte !

— Combien tu veux d'enfants, princesse ?

— On verra cela plus tard ! Il va falloir que tu me ramènes pour que je me prépare pour lundi. C'est la rentrée ! En plus, j'ai des examens le mois prochain.

— Pas de soucis, on rentre demain ! Au fait à partir de maintenant, je t'amène en cours et je te récupère tous les jours. Et c'est non négociable ! dit-il d'un ton ferme.

— Tu as peur qu'il m'arrive malheur ?

— Bien sûr, regarde ce matin ! Il faut que tu saches que les vampires vont être attirés par ton odeur donc je me dois de te protéger. Et puis tu es à moi et je suis très possessif avec ce qui m'appartient !

— Très possessif, je l'avais remarqué, tu avais envie d'arracher la tête de notre visiteur ce matin !

— Il t'a touchée et il te menaçait !

— Oui c'est vrai. Mais j'ai intérêt à faire attention moi aussi.

— Pourquoi, princesse ?

— Car toutes les filles du bahut vont craquer sur toi !

— Eh bien je leur montrerai que tu es la seule élue de mon cœur !

— Ça, c'est mon homme à moi ! On dirait presque un humain ! Et tu te dis dangereux, tu es sûr ? le taquiné-je.

— Oh, je pense que tu as besoin d'une piqûre de rappel toi ! me dit-il un sourire sadique aux lèvres.

— Je n'ai pas peur de toi, Lucius.

— Ah, vraiment ? Je vais te montrer à quel point je peux être cruel sans te faire de mal, princesse !

Intriguée par ces dernières paroles, je me demande ce qu'il a en tête. Il m'attrape et en moins de temps qu'il faut pour le dire, je me retrouve nue comme un ver, attachée à son lit. Je ne peux plus bouger les mains ni les pieds. Il commence en m'embrassant fougueusement et j'avoue que son petit jeu me plaît bien finalement. Il descend ensuite ses baisers sur ma poitrine telles des flammes sur un feu déjà bien allumé. Puis il continue sur mon ventre, il dépose chaque baiser avec une sensualité parfaitement maîtrisée, lorsqu'il arrive à mon point culminant, sous chaque coup de langue mon corps se cambre entièrement. C'est au moment où mon orgasme afflue qu'il s'arrête net et me fait face, un sourire presque sadique aux lèvres.

— Tu disais, princesse ?

— Tu es vraiment cruel, là, Lucius !

— Oh, vraiment ? Je peux continuer si tu le désires.

— Tu n'as pas intérêt à me refaire ça.

— Tu n'aurais jamais dû me menacer, princesse.

Il me regarde avec un petit sourire malicieux et il me pénètre avec une telle puissance qu'il manque de déclencher un orgasme instantanément. Cette fois-ci encore il me fait monter et se retire avant que je lui cède.

— Par pitié, Lucius, arrête, c'est pire que de la torture là ! finis-je par lui dire.

— Ah oui ? Dis-le, Sheyla ! m'ordonne-t-il.

— D'accord, je l'avoue, tu es un vampire dangereux et surtout sadique avec moi ! Je t'en supplie ne me laisse pas ainsi. S'il te plaît.

— Princesse, tu m'excites tellement quand tu me parles comme ça !

Il fait à ce moment-là une chose à laquelle je ne m'attendais pas du tout. Il me mord et me pénètre en même temps. Telle une bombe qui explose, l'excitation est tellement puissante que je jouis instantanément dans ses bras. Il n'est pas long à me suivre, comme à chaque fois. Il relâche ma gorge à ce moment-là.

— Seigneur Lucius, tu vas me rendre folle !

— Je crois que je vais bien m'amuser avec toi, princesse ! me dit-il en souriant.

Je lui souris à mon tour, puis il me détache et m'embrasse.

— J'avais envie de t'attacher ainsi depuis le jour où tu as débarqué chez moi. Te voir ligotée à cette chaise ce jour-là complètement à ma merci a réveillé un de ces désirs en moi !

— J'avoue, j'avais eu quelques idées moi aussi.

— Oh, Sheyla, qu'est-ce que tu es en train de faire de moi ?

— Un homme comblé, je dirais !

— Je l'avoue, oh, ma douce et merveilleuse princesse.

Il m'embrasse encore et encore jusqu'à céder une fois de plus à ses pulsions sexuelles.

Chapitre Bonus :

Trois ans plus tard…

Beaucoup de temps s'est écoulé, et beaucoup de choses ont changé !

Pour commencer, je suis ressortie de mon école des beaux-arts diplômée, au plus grand plaisir de Lucius et Gabriella. Mon exposition avant l'été s'est très bien passée.

Comme convenu, durant six mois, Gabriella est venue tous les deux jours me faire des prises de sang. Nous avons un bon stock à présent que l'on a transformé en arme, sauf quelques fioles que l'on garde pour pouvoir fonder notre famille !

Lucius m'a transformée fin août après une autre exposition qui a beaucoup plu. Il m'a aidée à contrôler ma soif. Ce que j'ai fait assez rapidement ! En tant vampire, j'ai le don de déclencher des feux, donc je peux me défendre et tuer les vampires de mon choix. Bon je peux mettre le feu à ce que je veux, mais je n'en fais rien. Je suis toujours immunisée contre les autres pouvoirs, donc toujours aussi insensible à l'autorité de Lucius, à son grand désespoir. Mais je me soumets devant certains vampires afin qu'il garde son image de grand chef ! J'ai également le don d'autorité sur les autres vampires comme Lucius. Mais c'est lui le chef, moi, je le soutiens ! Même si par mon statut d'élue, je fais parfois plus peur que lui !

Nous avons ramené l'ordre parmi les vampires. Jules nous aide à savoir quand ils nous mentent et Lucius les démasque. J'ai tué quelques traites fidèles à Fernand.

Avec Lucius nous pouvons communiquer par la pensée, peu importe la distance qui nous sépare. Gabriella pense que cela est dû au fait que nous sommes des Ceantaglán, que l'on est proches et fusionnels !

Gabriella a réussi à vendre la maison de Lilia. Et nous avons acheté une magnifique demeure dans les collines de Cleevhock. Ainsi nous allons souvent observer les étoiles ensemble. Notre résidence comporte six chambres. De quoi accueillir largement nos enfants.

M'ayant transformée fin août après mon diplôme, il m'a demandé en mariage à Noël en Italie. C'était magnifique ! Nous sommes rentrés au pays pour nous marier, car même si Cleevhock est une petite ville perdue et peu connue au fin fond du Canada, c'est chez nous. A notre mariage, il n'y avait que des vampires. Nous avons fait une petite cérémonie ensuite avec mes amies. Tout était vraiment magnifique et Lucius en blanc, comment dire, j'étais en totale admiration devant mon mari. Après le mariage, nous sommes allés chez lui en Italie, j'avais déjà rencontré son neveu au mariage.

Durant cette année de voyage, nous avons fait le tour du monde, c'était merveilleux. Le monde est fascinant et cela m'a permis de réaliser de magnifiques toiles pour ma galerie d'art que j'envoyais au fur et à mesure que je les peignais. Car oui, avec l'aide des nombreuses connaissances de Gabriella, j'ai créé ma propre galerie et embauché plusieurs personnes pour s'en occuper. Mes toiles sont tellement appréciées que j'ai commencé à en vendre dans plusieurs pays. J'en ai même peint plusieurs pour décorer notre habitation.

Cela fait un an et demi que nous sommes rentrés, car l'envie d'enfants se faisait de plus en plus ressentir. Nous avons entamé la procédure avec la potion de Gabriella et cela a fonctionné. Je suis tombée enceinte d'un petit garçon que l'on a appelé Antonio, en l'honneur du père de Lucius. Il est magnifique et c'est un vrai petit ange. Nous avons pris l'habitude d'avoir un petit humain à la maison, comme c'est notre enfant, nous n'avons jamais soif en sa présence. Notre désir de le protéger est tellement puissant qu'on ne lui fait aucun mal !

Durant les neuf mois de la grossesse, j'ai dû m'alimenter comme une humaine et comme un vampire. C'était étrange, mais au moins le bébé a été en bonne santé à la naissance. Bien sûr mon rétablissement fut rapide et tout s'est bien passé. Gabriella a été ma sage-femme et m'a accouchée.

Cela s'est tellement bien passé, que nous avons pris la décision d'en avoir un autre assez rapidement. C'est pour cela qu'aujourd'hui je suis enceinte de quatre mois et demi et nous venons d'apprendre que ce sont des jumelles.

Nous sommes en train de préparer la double chambre d'Angela et d'Amélia. Angela était le prénom de la fille de Gabriella et Amélia était celui de ma vraie mère.

Donc, que dire à part que ma vie a pris une tournure très différente de ce à quoi je m'attendais !

Mais j'en suis bien heureuse. Car après les souffrances atroces que j'ai dû traverser, aujourd'hui je suis plus amoureuse que jamais de Lucius. Nous sommes un couple épanoui, mais également des parents comblés et surtout des vampires respectés et obéis de tous !

Comme l'affirmerait Gabriella, notre règne a commencé, et la relève est assurée !

Je peux le dire aujourd'hui, j'ai enfin la vie dont je rêvais.

Fin.

Vous avez aimé ?

Je vous remercie d'avoir lu Association Improbable en espérant que cela vous a plu.

N'hésitez pas à me donner votre avis sur Amazon ou sur les réseaux sociaux.

Pour ne rien rater de mes prochains romans, avoir des informations ou extraits en exclusivité et plein d'autres surprises encore …

Retrouvez-moi sur Instagram et Facebook

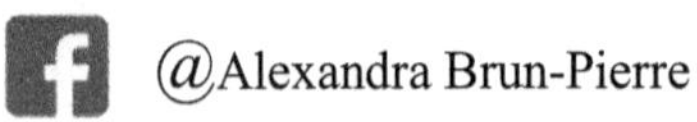 @Alexandra Brun-Pierre

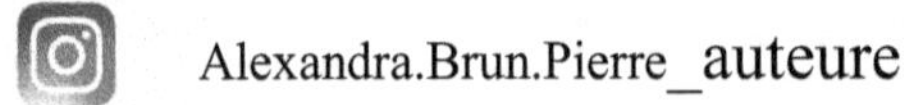 Alexandra.Brun.Pierre_auteure

Si vous avez aimé « Association Improbable » découvrez alors un autre de mes romans - Dangereuse Séduction- dont je vous mets le texte de la 4ème de couverture :

« J'avais enfin trouvé un équilibre parfait dans ma vie, mais c'était sans compter sur le retour de James…

Depuis qu'il est revenu tout va de travers !

Je dois à présent faire face aux secrets de mon passé qui entourent la mort de mes parents.
Mais je dois surtout apprendre à contrôler mes pouvoirs, car je n'ai pas le choix de prendre part à une guerre surnaturelle entre deux espèces pour y mettre un terme.

La tâche ne sera pas facilement réalisable puisque certaines personnes veulent s'approprier ma puissance.

Vais-je avoir la force de rester dans la lumière, ou vais-je succomber aux ténèbres ? »

Pour tout informations sur ce roman, rendez-vous sur les réseaux sociaux.

Achevé en : Février 2023

Texte : Alexandra Brun-Pierre
Couverture : Alexandra Brun-Pierre
Photo : Midjourney

Portrait auteure : Murielle Didelon
de Reg'Art 2 Femmes

Editions : ABP
Isbn : 978-2-958724702
Dépôt légal : Mars 2023

Imprimé en Europe
par Kindle Direct Publishing